光文社文庫

文庫書下ろし／長編時代小説

死闘向島

剣客船頭(十一)

稲葉　稔

光　文　社

この作品は光文社文庫のために書下ろされました。

『死闘向島』目次

↑至寺島村・墨田村
向島
須崎村
長命寺
三囲稲荷
竹屋之渡し
今戸町
今戸橋
山谷堀
日本堤
北
下谷金杉上町
下谷竜泉寺町
新吉原
根岸
下谷金杉町
東叡山
寛永寺
猿若町
浅草寺
東本願寺
下谷山崎町
中堂
源森橋
源森川
小梅村
雷門
浅草広小路
吾妻橋
竹町之渡し
業平橋
三間町
不忍池
黒船町
御蔵前
御蔵前通り
御厩河岸之渡し
北割下水
下谷長者町
御徒町
三味線堀
神田大明神
片町
御蔵前
御米蔵
本所
明神下
神田川
向柳原
佐久間町
新シ橋
佐久間河岸
大川
浅草御門
御竹蔵
御米蔵
南割下水
和泉橋
柳原通り
浅草橋
柳橋
両国広小路
亀戸村
両国橋
横山町
米沢町
回向院
二ツ目之橋
三ツ目之橋
鍛冶町
油堀
薬研堀
村松町
一ツ目之橋
松井橋
竪川
南辻橋
小伝馬町
松井町
山城橋
常盤町
弥勒寺橋
大横川
神田橋
栄橋
今川橋
大伝馬町
御船蔵
六間堀
五間堀
高砂町
浜町堀
新乗物町
新大橋
深川
常盤橋
木更津河岸
日本橋
照降町
親父橋
猿子橋
深川元町
芝翫河岸
猿江橋
北町奉行所
大手門
川口橋
万年橋
小名木川
高橋
海辺大工町
江戸橋
通町
海賊橋
日本橋川
永久橋
上之橋
深川
新場橋
坂本町
箱崎橋
海辺橋
山王御旅所
湊橋
仙台堀
材木町
越中橋
永代橋
小川橋
八丁堀
楓川
亀島橋
霊岸島
佐賀町
松幡橋
弾正橋
中之橋
京橋
八丁堀
富岡八幡宮
木挽町
石川島
木場
越中島

主な登場人物

沢村伝次郎 元南町奉行所定町廻り同心。辻斬りをしていた肥前唐津藩士・津久間戒蔵に妻子を殺される。そのうえ、探索で起きた問題の責を負って自ら同心を辞め船頭に。

千草 伝次郎が足しげく通っている深川元町の一膳飯屋「めし ちぐさ」の女将。伝次郎の「通い妻」。

音松 伝次郎が同心時代に使っていた小者。いまは、深川佐賀町で女房と油屋を営んでいる。

酒井彦九郎 南町奉行所定町廻り同心。伝次郎が同心のときに、目をかけてくれた先輩同心。何者かに殺害される。

万蔵 酒井彦九郎の小者。

粂吉 酒井彦九郎の小者。

甚兵衛 酒井彦九郎の中間。

酒井寛一郎 酒井彦九郎の嫡男。北町奉行所の例繰方同心。

寅吉 酒井寛一郎の小者。

酒井久江 酒井彦九郎の妻。

松田久蔵 南町奉行所定町廻り同心。伝次郎が同心のときに面倒を見てくれた先輩同心。

八兵衛 松田久蔵の小者。

貫太郎 松田久蔵の小者。

中村直吉郎 南町奉行所定町廻り同心。伝次郎が同心のとき、懇意にしていた。

平次 中村直吉郎の小者。

三造 中村直吉郎の小者。

剣客船頭㈩

死闘向島

第一章　闇討ち

一

「もういい加減におよしよ」

そういうのは、万蔵《まんぞう》が贔屓《ひいき》にしている吉屋という居酒屋の女将《おかみ》おふじだった。

昔は「水も滴る……」とか「小股の切りあがった……」といわれたらしいが、いまはしわくちゃの六十近い婆さんだ。

「ほら、もう、こぼしてるじゃないか」

おふじは万蔵が手にした銚子《ちょうし》を奪い取った。

「今夜は飲みてえんだ。いいじゃねえか」

万蔵は顔に似合わない情けない顔で、銚子を返してくれと手を出した。額《ひたい》が広く、頑丈《がんじょう》そうな顎《あご》をしているし、体もがっちりしている。だが、いつもの万蔵らしくなく弱り切った顔をしていた。

「……いったい何があったのさ。もう旦那のことは吹っ切れたんじゃないのかい。めそめそして、あんたらしくないよ」

「わかったんだ」

「何がだい？」

万蔵はいおうか、いうまいか少し迷った。酔った目を彷徨《さまよ》わせてから、おふじを見た。しわが多く、化粧ののりも悪くなっているが、年取っても器量はいいほうだ。

「旦那がおれを心底心配してくれていたってことが、わかったんだ」

そういった途端、万蔵の目に涙が盛りあがった。

「ご新造さんが教えてくれてな。いつまでも独り身のおれを心配して、真剣になって嫁を探してくれていたらしいんだ。そんなこと、旦那は一言もいわなかったくせに、ちくしょ……」

万蔵はぐすっと洟《はな》をすすって、太い腕で涙をぬぐった。

「それが嬉しくてな。それなのに、旦那は殺されちまって……。あんないい人はいなかった。掏摸《すり》だったおれを真人間にしてくれ、そのうえ嫁まで探してくれていたんだ。おれがそばについてりゃ、身代わりになったのに……でも、何もできなかった。おれの知らねえところで、どこの誰とも知れねえやつに……いまさらながら悔しくてよ」

「気持ちはわかるけど、今夜は飲み過ぎだよ。これだけにしときな。明日も仕事があるんだろう」

おふじはそういって、万蔵に酌をしてやった。

閉店間際だから、他に客はいなかった。

「やさしいのは旦那だけじゃないんだ。ご長男の寛一郎《かんいちろう》さんもいい人でな。見習いを終えていまじゃ北町《きたまち》の立派な例繰方《れいくりかた》だ。旦那が死んじまったんだから、おれなんか用なしのはずなのに、寛一郎さんが面倒を見てくださってる。それも旦那のいいつけだったっていうんだ。おれに何かあったとしても、家で雇っているものたちを困らせるようなことは、決してしてはならねえ、といってくれてたそうなんだ」

「いい旦那だったんだねえ」

「ああ、あんな旦那はめったにいねえよ。町のもんには、怖がられる御番所《ごばんしょ》の同心だが、ほんとに旦那たちが怖くなるのは、悪党を相手にするときだ。他のときはみないい人が多いんだぜ」

「あの旦那は楽しい人だったからねえ。わたしもよく笑わせてもらったもの。いい人だってのは昔っからわかってたよ」

「陰気くさいことや、しみったれたことが嫌いだったからな」

「だったら、万蔵さんもそうならなきゃ……」

万蔵ははっとなっておふじを見た。

「そうでしょう」

「ああ、そうだな。……たしかにそうだ。いや、すまねえ。旦那に心配してもらっていたことがわかって嬉しかったから、旦那が殺されたのが悔しくてな」

「死んでも人を喜ばせる旦那だったんだねえ。だったら、早く下手人を捕まえなきゃならないねえ。それがあんたの役目だろ」

「ああ、そうだ。女将、たまにはいいこというじゃねえか」

「たまにで悪かったわね」

しかめっ面《つら》をするおふじを見て、万蔵は笑い、勘定《かんじよう》を頼んだ。

店の表に出ると、冷たい風が吹きつけてきた。それだけで秋が深まっているのがわかる。だが、酒に火照《ほて》った体には気持ちよかった。

吉屋から小舟町《こぶなちよう》二丁目にある自宅長屋まではすぐだ。万蔵は星空を眺めて、酒臭い息を風に流した。

照降町《てりふりちよう》の通りを右に折れて、すぐ先の路地に長屋の木戸がある。木戸番小屋に番太《ばんた》の姿はなかった。どぶ板の割れたところに、星明かりが射《さ》していた。

万蔵は自分の家に入ると、十手《じつて》を放り投げて、水瓶《みずがめ》の水を飲んだ。ゴクゴクと喉が鳴る。酒のあとの水はなぜうまいんだと酔った頭で考える。

そのとき、腰高障子が小さくたたかれた。万蔵さん、という小さな声もかけられた。

「誰だ?」

万蔵は柄杓《ひしやく》を水瓶の蓋《ふた》の上に置いて、戸口にいった。

「おれだよ」

声に聞き覚えはなかった。万蔵は首をかしげながら腰高障子を開けた。途端、口が掌《て》で塞《ふさ》がれ、後ろに押し倒された。腹に何かが刺さる感触。

「ううっ……」

万蔵は渾身《こんしん》の力で相手を押し返そうとしたが、上から押さえつけられているのでうまく抗《あらが》えない。上にいる男を横に払おうとするが、それもできない。

腹が抉《えぐ》られている。痛みが全身にめぐっている。悲鳴をあげたいが、口はがっちり塞がれたままだ。

「だ、誰だッ……」

そう相手に問うたが、声は相手の掌で塞ぎ止められている。襲撃者は無言のまま、万蔵の腹を何度も抉った。

万蔵の全身から力が抜けていく。意識が朦朧《もうろう》となり、痛みさえ感じなくなった。

だが、意識の底で死にたくない。でも、殺されるのだという恐怖も同居していた。

万蔵は生きるために最後の力を振りしぼった。だが、それは気持ちだけで、体にはなんの力も入らなかった。抵抗は虚《むな》しいだけで、やがて視界が黒く閉ざされていった。

二

町屋も河岸道《かしみち》も川霧に包まれていた。そのせいで、一町《ちよう》先から歩いてくる人の姿が黒っぽく見えた。天秤棒に盤台《ばんだい》を吊《つる》しているので、魚屋の棒手振《ぼてふり》だとわかる。沢村伝次郎《さわむらでんじろう》はやってくる棒手振をちらりと見てから、山城橋《やましろばし》際の雁木《がんぎ》を下りた。目の前の六間堀《ろつけんぼり》から霧が立ち昇っている。

この季節になって初めての濃い霧だった。伝次郎は舫《もやい》をほどき、ゆっくり舟に乗った。猪牙《ちよき》は船底を絞ってあるので左右に揺れやすいが、年季の入った船頭は体重のかけ方がよくわかっているから、小さく揺れただけだ。

雪駄《せつた》を脱いで足半《あしなか》に履き替え、尻を端折《はしよ》り、襷《たすき》をかけた。ぱんと、股引《ももひき》に手拭《てぬぐ》いを打ちつけて首にかける。

伝次郎は東の空を見た。霧の向こうにぼんやりとした日が見える。

(すぐ晴れるだろう)

気温が上がれば、霧は消える。それはあっという間のことだ。伝次郎は艪床《ろどこ》に腰をおろし、家から持ってきた棹《さお》を眺めた。それから河岸道に人がいないかたしかめてから、棹を両手で持ち、ゆっくり右手を広げるように動かした。

その棹は二つに分かれた。川床につけるほうはそのままだが、そうでないほうの棹の先端には槍《やり》状の刃物がついていた。霧の中でもそれがきらりと鈍い光を放った。

仕込《しこみ》棹を作ったのだ。気まぐれではない。考えがあってのことだった。伝次郎は舟の上では無腰である。武器がほしかった。もっとも、舟は新調したときに隠し戸棚が造ってあり、そこに刀を仕舞える空間があった。

だが、刀はよほどでないと、そこには仕舞わない。水気を避けたいのと、錆《さ》びやすくなるからだった。

だが、作った仕込棹は高価な物ではない。いくらでも代用が利くので、多少錆びても気にすることはなかった。

伝次郎は仕込棹を元に戻すと、すっくと立ちあがった。棹で岸を押すと、猪牙はすうっと川中に出て行った。そのまま惰性で六間堀を南へ下る。

仕込棹などという物騒なものを作ったのは、南町奉行所の定町廻《じようまちまわ》り同心・酒井《さかい》彦九郎《ひこくろう》殺しの下手人を探すにあたって、あまりにも自分が無防備だと気づいたからだった。

下手人は同心を殺している。どんな悪党でも、町奉行所の人間にはめったに手を出さない。それはお上《かみ》に弓を引くのと同じだからだし、両町奉行所が総じて動くからである。

しかし、実際に動くのは初動捜査時で、あとは専従の同心が探索を受け持つ。それも時間が経過すると、他の犯罪捜査に支障を来《きた》すので、専従者の数も次第に絞られていく。

現在、酒井彦九郎殺しの下手人探しに携わっているのは、同じ南町奉行所の松田《まつだ》久蔵《きゅうぞう》と中村直吉郎《なかむらなおきちろう》の二人だけだ。もっともこの二人は、彦九郎と強いつながりを持っている同心であるから無理もない。

また、元同心だった伝次郎も、彦九郎には一言ではいえないほどの恩義があるし、世話になっている。彦九郎殺しの下手人を捕まえないわけにはいかない。

しかし、下手人は手練《てだ》れである。それは彦九郎の体に残っていた刀傷を見てわかったことだ。そして、ふてぶてしくもあり、巧妙である。

決して油断できない相手だ。仕込棹を作ったのには、そんな経緯《いきさつ》があった。

北之橋《きたのはし》がぼんやり見えたとき、左の五間堀《ごけんぼり》から一艘《そう》の猪牙があらわれた。船頭が伝次郎の舟に気づき、小さく会釈《えしゃく》をした。伝次郎も会釈を返す。

幾分霧が薄れ、周囲の景色がおおよそわかるようになった。伝次郎は棹をゆっくり使う。急ぐことはない。

まだ、江戸の町は目覚めたばかりだ。客を拾えるのはもう少しあとだ。それでも、ときどき河岸道から声をかけてくるものがいる。

右舷から左舷へ棹を移す。張りついた水が棹先から、ぽとりと落ちる。川面《かわも》には枯れ葉が、ところどころに浮かんでいた。

さっと、霧の隙間を抜けて朝日が射し込んできた。霧をあげる堀川が、水晶のようにきらきらと輝いた。

中之橋《なかのはし》をくぐり抜け、猿子橋《さるこばし》の手前で猪牙を川岸につけた。すぐそばにある火《ひ》の見櫓《みやぐら》にも朝日があたっていた。霧はさらに薄くなっている。

煙草《たばこ》を喫《の》んでいると、下駄音が近づいてきた。伝次郎は雁首《がんくび》の灰を掌にこぼして転がし、ふっと吹いた。水に落ちた赤い火玉が、ちゅんと短い音を立てた。

「おはようございます」

やってきた千草《ちぐさ》が笑顔を向けてくる。

「おはよう。いつもすまねえな」

「ううん、これが毎日楽しくなっているからいいんです」

微笑《ほほえ》んでいる千草の顔が、六間堀の照り返しを受けていた。まぶしいほどの肌つやをしている。夜遅くまで商売をしている女とは思えないほどだ。

「そういってもらえると気が楽になる」

伝次郎は千草から弁当を受け取った。

「今日もお仕事は半日だけにするのかしら……」

「当分の間はそうだ」

「でも、無理はしないでくださいよ。心配してるんですからね」

「ああ」

「できれば毎日店に来てほしいの」

千草にしてはめずらしく直截《ちょくせつ》なことをいうので、伝次郎はどうしたのだろうと思った。

そのことがわかったのか、千草は言葉をついだ。

「だって、伝次郎さんの顔を見ないと気が気でないんだもの。相手は御番所の同心を殺しているんでしょう」

「わかった。何もなければ顔を出すようにする」

「何かあれば来ないのね」

千草は少し拗《す》ねたような顔をした。店の客には絶対見せない顔である。

「おいおい、今朝はどうしたのだ。いつもの千草ではないな」

「だって、もう三日も来てないじゃありませんか」

伝次郎はひょいと首をすくめた。

(やっぱり千草も女だったか……)

「わかった。よほどのことがないかぎり顔を出すことにする」

「ほんと……」

「ああ。じゃあ行ってくる」

伝次郎は棹をつかんだ。

「行ってらっしゃいまし」

伝次郎は舟を出したが、すぐに千草の声が追いかけてきた。

「伝次郎さん、ごめんなさい」

伝次郎は振り返った。

「ちょっと我《わ》が儘《まま》いってみたかったの」

千草はそういうと、ぺろっと舌を出して首をすくめた。

「いいさ、たまには……」

伝次郎は笑顔で言葉を返した。

三

大川端《おおかわばた》に繁茂《はんも》しているすすきの穂が、光線の加減で銀色に輝いている。黙々と櫓《ろ》を漕《こ》ぐ伝次郎は、ときどき額の汗をぬぐう。

大川の水がゆっくり上がっている。満ち潮になっているからだ。川上りはきついが、このときだけは潮が手助けしてくれるので、普段より楽になる。逆に引き潮だと倍の労力となる。

ギッシギッシと軋《きし》みをあげる櫓は、ゆったりと、そして確実に水を掻《か》いている。

遠くの川はきらきら光り、その手前のあたりは濃い青、対岸に近いところはやや緑がかっている。

一口に川といっても、その顔はいろいろだ。時間や季節でも変わるし、浅い場所と深い場所でもちがう。そして、その場所も少しずつ変化して移動する。

――川を嘗《な》めるんじゃねえぜ、伝次郎。川は生き物だ。

そういったのは船頭の師匠だった嘉兵衛《かへえ》だ。

（まったくだ。川は生きている）

川に親しみ、川で暮らしを立てている伝次郎も、嘉兵衛の教えがよくわかってきた。

舟にはひとりの行商人が乗っていた。行徳河岸《ぎょうとくがし》から乗せた客で、浅草《あさくさ》まで送るところだった。

「日に日に風が冷たくなるね。船頭さんは体動かしてるから寒かァねえだろうが、こうやってじっとしてっと、寒気がしてくるわ。川の風は一層冷てえしな」

客は手をこすりあわせていう。

「今日はとくに冷え込みが強かったですからねえ。それで、浅草のどのあたりにつけましょうか？」

「御米蔵《おこめぐら》を過ぎたあたりで適当に降ろしてくれ。寒いんでちょいと歩いて行くことにする」

「へえ」

伝次郎は力強く舟を漕ぐ。櫓を漕ぐたびに二の腕の筋肉が盛りあがる。船頭になってから腕が太くなり、もともと厚かった胸板もさらに厚くなった。

客は寒いというが、伝次郎の肌にはうっすらと汗がにじんでいた。

御米蔵を過ぎたところに、御厩河岸之渡《おんまやがしのわた》しがある。伝次郎はその渡し場のそばに舟をつけた。

「百四十文《もん》です」

客がいくらだというので、伝次郎はそう答えた。

「あれ、ずいぶん安いんじゃねえか」

「寒い思いをさせちまったんで、それで結構です」

客はニヤッと嬉しそうに笑った。

「それじゃ百五十だ。また頼むよ」

「へえ、お待ちしておりやす」

伝次郎は商売人になって頭を下げる。

ほんとうは二百文取ってもよかった。だが、ときにおまけをしてやる。それが客に受けて、客が客を呼ぶ。そのことを伝次郎は知るようになっている。

猪牙の舟賃は、おおむね三十町で百四十文から百五十文が相場になっていた。わかりやすくいえば、柳橋《やなぎばし》から山谷堀《さんやぼり》までがだいたいそうである。

伝次郎は舟を岸につけたまま、煙草を喫《の》んだ。まぶしくきらめく川面に目を細め、そろそろ仕事を切りあげようと思った。朝のうちに七人の客を乗せていた。稼ぎは十分だ。

雁首《がんくび》を舟縁《ふなべり》に打ちつけると、煙管《キセル》を煙草入れに仕舞って、舟を出した。そのまま山城橋に戻り、舟を舫い、そこで千草の作ってくれた弁当を頰《ほお》ばった。

飯を食いながら、これからの探索を考える。酒井彦九郎殺しの下手人探しは停滞していた。容疑者は浮かんでいるが、手掛かりを見つけられないままだ。

沢庵《たくわん》をポリポリ嚙み、塩むすびを頰ばる。いつもは玉子焼きが入っているが、今日は竹輪とこんにゃくと里芋の煮物だった。

腹を満たした伝次郎は、水を飲んでから舟を降りた。万が一仕込棹が盗まれたら大変なので、人にはわからない舟の隠し戸棚に仕舞っておいた。

一度長屋に帰って楽な着流し姿になると、今度は大小を差して高砂町《たかさごちょう》の自身番《じしんばん》に向かった。このところ二日あるいは三日に一度は、同じことを繰り返している。

大橋《おおはし》をわたり、両国広小路《りょうごくひろこうじ》の雑踏を抜ける。芝居小屋から客が吐き出されていた。江戸三座（中村《なかむら》座・森田《もりた》座・市村《いちむら》座）以外の芝居を「おでこ芝居」といった。

三座の一流の役者とはちがう傍流だが、なかには市川《いちかわ》や岩井《いわい》などの苗字《みょうじ》を名乗るものもいるし、外題《げだい》も三座の真似が多い。それなりに客がついているし、木戸銭も安い。

（そういえば、役者がいたな）

伝次郎は歩きながら心中でつぶやく。頭巾《ずきん》が彦九郎殺しの下手人探しの鍵になったことがあった。そして同じ頭巾を持っていた役者のことがわかったが、いずれもあて外れだった。しかし、いまは的が絞られている。

（今日は何かわかっているかもしれない）

期待はいつも裏切られるが、毎日期待せずにいられない。探索に携わっているのは、松田久蔵と中村直吉郎の二人だ。しかし、二人には小者《こもの》もいるし、町の岡っ引きもいる。さらに岡っ引きが使う下っ引きもいる。

もちろん、伝次郎と音松《おとまつ》もいるから、酒井彦九郎殺しの一件には少なくとも十四、五人は動いている。はっきりした人数がわからないのは、下っ引きの数がわからないからだ。下っ引きは職人であったり、漁師であったり、ときに大道芸人だったりする。

彼らは下っ引きという副職を隠している。そうしないと、危険な目にあわないともかぎらないからだ。つまりは情報屋といってもいいだろう。

「旦那」

高砂町《たかさごちょう》の自身番表にいた音松が、伝次郎に気づくなり、床几《しょうぎ》からすっくと立ちあがった。いつになく緊張の面持《おもも》ちだ。

「どうした?」

「万蔵が殺されました」

「なにッ……」

伝次郎は眉間《みけん》に深いしわを彫った。

「いつのことだ？」

「おそらく昨夜でしょう。今朝、万蔵が来ないんで粂吉《くめきち》が長屋に迎えに行くと……」

伝次郎は、ふーっと、長いため息をついて首を振った。

「詳しいことは小舟町の番屋に行けばわかります。松田の旦那と、中村の旦那もそっちにいます」

「それじゃ、おれを待ってたのか？」

「はい」

「行こう」

伝次郎はそのまま、音松といっしょに小舟町に向かった。

「下手人のことは……」

伝次郎は歩きながら聞いたが、音松は悲しそうにうなだれたまま首を振った。

「そうか」

音松は昔使っていた小者だった。いまは深川佐賀町《ふかがわさがちょう》で油屋を営んでいる。しかし、商売は女房のお万《まん》にまかせて、いまは伝次郎といっしょに動いている。

小舟町の自身番に近づいたとき、戸口から松田久蔵が出てきた。すぐに伝次郎に気づき、まっすぐ見てきた。目に怒りと悲しみが同居していた。

久蔵は一度悔しそうに唇を嚙み、

「見てくれ」

と、出てきたばかりの自身番の中を振り返った。

四

万蔵の死体は自身番に入った左手の土間に寝かされていた。筵《むしろ》掛《が》けである。伝次郎がそばに立つと、真っ赤に目を腫《は》らした粂吉が見てやってくださいという。万蔵と同じく、酒井彦九郎に仕えていた小者である。

伝次郎はしゃがんで筵をめくった。万蔵は安らかな顔をしていた。顔に外傷はない。さらに筵をめくって、腹を刺されたのだとわかった。

伝次郎は傷を凝視《ぎょうし》した。血は止まっているが、かなり深い傷だ。それに傷口がいじられたように崩れている。何度も抉られたとわかる。

「……残酷なことをしやがる」

伝次郎は小さくつぶやいて、万蔵の死体に筵をかけてやった。

「下手人のことは何もわかっていないと聞きましたが……」

立ちあがってから久蔵を見た。

「いまのところは何もわかっておらぬ。直吉郎が万蔵の長屋で調べをやっている。行ってみるか」

「はい」

伝次郎は久蔵といっしょに万蔵の長屋に向かった。音松もついてくる。

小舟町の自身番から万蔵の長屋はすぐだった。木戸門の前で、久蔵の小者・八兵《はちべ》衛《え》に会った。

「何かわかったか？」

久蔵に聞かれた八兵衛は、首を横に振ってから、伝次郎を見て、小さく目を伏せた。

「万蔵の家は？」

「すぐそこです」

伝次郎に聞かれた八兵衛が背後を振り返ったとき、一軒の家から中村直吉郎が出てきた。すぐに伝次郎と久蔵に気づいて、駄目ですね、と首を振った。

路地奥の家で久蔵の小者・貫太郎《かんたろう》と、直吉郎の小者・平次《へいじ》が住人から話を聞いていた。

伝次郎は万蔵の家に入って様子を見た。荒らされた形跡はない。万蔵は独り身だったので、所帯道具が少ない。部屋の隅に柳行李《やなぎごうり》がひとつ。そばにたたまれた布団。衣紋《えもん》掛けに紋付き羽織が掛けられていた。

小さな蠅帳《はいちょう》に茶碗や湯呑みなどが入れられているが、数は少ない。何もかも質素である。

上がり口の畳に真新しい血の跡が残っていた。そばに小さな破れがある。刃物によるものだとわかる。

使われた凶器が、万蔵の体を貫通した証拠だ。死体を見ている伝次郎には、万蔵がどうやって殺されたのか、おおむね想像がついた。

万蔵は仰向《あおむ》けに押し倒され、下手人に腹を刺されたのだ。しかし、がっちりしていた万蔵は怪力だった。それを押し倒したというのは、よほど万蔵に油断があったか、下手人が虚をついた、あるいは万蔵を上まわる力持ちだったと考えることができる。

「得物《えもの》（凶器）はなんだったんでしょう」

伝次郎は久蔵を見ていった。半ば独り言に近かった。

答えたのは直吉郎だった。

「付近を一応探しているが、それらしきものは見つかってねえ。おそらく包丁や大工道具じゃないだろう。短刀か匕首《あいくち》か、脇差《わきざし》……考えられるのはその辺だ」

「傷が深いから短刀か脇差だろう。得物は万蔵の腹を貫き、切っ先が畳に達していたからな」

久蔵が直吉郎の言葉を引き取った。

「下手人の心あたりは……」

伝次郎は直吉郎と久蔵を交互に見た。

「死んだ万蔵に聞くのが一番だが、それは無理だ。粂吉にも心あたりはないという」

久蔵の言葉に、伝次郎は小さく息を吐いて、表を見た。野菜籠《かご》を天秤棒に吊した青物《あおもの》売りが通り過ぎていった。

「聞き調べは大方すんだ。とりあえず自身番に戻ろう」

久蔵の言葉でみんなは小舟町の自身番に戻って、向かいあって座った。狭いので詰めている書役《かきやく》や番太は隅のほうに控えた。

「昨夜万蔵が家に戻ったのを木戸番は見ていないが、おおよそ帰った時刻はわかっている。番太郎が夜廻りに出たのが、四つ（午後十時）過ぎだ。戻ったのは四つ半（午後十一時）頃だったというから、その間に万蔵は戻ったと考えていい」

久蔵がいった。

「それまで万蔵がどこにいたかもわかってる」

伝次郎はそういった直吉郎に、さっと顔を向けた。

「どこです？」

「親父橋《おやじばし》の近くに吉屋という居酒屋がある。そこだ。女将のおふじからも話は聞いたが、万蔵は相当酩酊《めいてい》していたらしい」

「万蔵が酩酊……」

伝次郎はにわかには信じられなかった。万蔵は酒に強かった。酔いこそすれ、乱れることはなかった。

（何があったんだ……）

伝次郎は吉屋に行って、直接話を聞こうと思った。

「昨夜、万蔵は吉屋に六つ（午後六時）過ぎに行っている。つまり、二刻《ふたとき》（四時間）ばかり飲んでいたってわけだ。吉屋にいた客はみな顔なじみで、万蔵と揉《も》めているような人間じゃなかった。また、万蔵も揉め事は一切起こしちゃいねえ」

直吉郎はずずっと音を立てて茶を飲み、

「万蔵の縁戚はなきに等しい。付き合いもほとんどない。そうだな」

といって、土間に控えている粂吉を見た。

「へえ、酒井の旦那についている間は忙しかったし、それに万蔵さんは人付き合いが上手じゃなかったんで、あっしも二、三の知りあいしか知りません」

「その知りあいのことは……」

伝次郎だった。

「一応会って話を聞こうと思ってますが、万蔵さんに恨みを持ってるような人じゃありません」

「まあ、そっちはおれのほうで調べる」

直吉郎がいった。

「下手人は行きずりで殺したのではない。万蔵の家を訪ねている。端《はな》から殺す気で訪ねたとしか考えられぬ。しかし、いまはわかっていることが少なすぎる。ある程度種《たね》を集めれば、糸口がつかめるだろう。手分けして聞き調べだ」

久蔵が細面《ほそおもて》の顔を引き締めていった。

五

夕日のあたっていた障子がゆっくり翳《かげ》っていった。

酒井寛一郎は筆を置いて、顔をあげた。そこは北町奉行所の例繰方が詰めている部屋だった。見習い期間を終え、やっと一人前の同心として認められた寛一郎が、例繰方に配されて二年が経っていた。

父の彦九郎は、南町奉行所の同心だったが、倅の寛一郎は北町奉行所に配属されていた。半ば世襲がまかり通っている同心だが、親が南町奉行所だから、子も同じ奉行所勤務になるとは限らない。

「失礼します。酒井様の中間《ちゅうげん》・甚兵衛《じんべえ》が玄関に来ております」

廊下から使いの者が声をかけてきた。

「甚兵衛が、なんであろうか……」

「急ぎの用だと申しております」

寛一郎は腰をあげて詰所を出ると、玄関に向かった。

時刻は夕七つ（午後四時）を過ぎているので、奉行所に残っているものは少ない。薄暗い廊下が不気味なほど静かだ。しかし磨き抜かれた廊下の板は、かすかに射し込んでくる外光を照り返している。

甚兵衛は玄関の表で、足踏みをしながら立っていた。

「なにがあった？」

寛一郎は雪駄を突っかけて表に出た。

「万蔵さんが死にました。ご存じではないんですか……」

甚兵衛は悲しそうな目をしばたたく。小柄で痩せた貧相《ひんそう》な男だから、ますます悲しげに見える。

「いや、いま初めて知ったことだ。死んだって、どういうことだ？」

「殺されたらしいのです」

「なにッ……」

同じ奉行所の者が担当していれば、とうに知らせが入っているはずだ。だが、連絡が遅れているのは、おそらく南町奉行所の同心が受け持っているからだろう。

「今日の昼過ぎに屋敷のほうに知らせがありまして、驚いた次第です。旦那さまはお役目中なので、お帰りになってからと思っていましたが、お帰りが遅いんで知らせに来たんでございます」

「なぜ、殺されたか詳しいことはわかっているのか？」

「いいえ」

甚兵衛はかぶりを振った。

寛一郎は暗くなっている空を見あげて、少し考えた。

「おまえは先に帰っていろ。わたしも仕事を片づけたら早めに帰ることにする」

「お迎えには？」

「今日はよい」

甚兵衛を帰すと、寛一郎は詰所に戻った。

部屋がすっかり暗くなっていたので、燭台《しょくだい》に灯を点《とも》した。それから文机《ふづくえ》の前に座り、広げている過去の口書《くちがき》を閉じ、新たな口書をゆっくり開き、

「万蔵が……なぜ……」

と、つぶやきを漏らした。

寛一郎は殺された酒井彦九郎の長男である。弟がいたが、これは早世《そうせい》したので、実質ひとり息子といってよかった。当年とって二十二である。

寛一郎のまわりには、口上書《こうじょうがき》や口書の他に判例や判決録がうずたかく積まれていた。これは父・彦九郎が関わったものだった。

「口書」とは、被疑者とその関係者から得られた供述を記録したもので、百姓、町人にだけに用いられ、武士、僧侶、神官の調べ録は「口上書」といった。

例繰方は町奉行所で裁かれた事案を記録保存し、それに伴う判例を整理したり、ときに調査にあたるのを仕事としていた。いわゆる内役《うちやく》という事務方である。

与力《よりき》が二人、同心が六人あてられている。

(まさか父の死と……)

関係あるのかと、寛一郎は頭の隅でちらりと考えた。

それは、役目を利用して父・彦九郎が携わった過去の事件を整理し、見直しているからだった。そこに手掛かりが隠されているかもしれない、と考えてのことである。

寛一郎は役目柄、表に出て探索をすることができないし、詰所内ではもっとも若い同心であるから無理も利かない。

しかし、与力や先輩同心は、少なからず寛一郎の心情を汲《く》み取り、過去の犯罪録の調べ直しを許していた。もちろん、それは勤務外に許されることなので、連日居残りをしているのだった。

万蔵の死の知らせを受けたせいか、自分の調べには身が入らなかった。悶々《もんもん》と半《はん》刻《とき》ほどを無為に過ごし、ようやく片付けにかかった。

玄関から表に出ると、小者の寅吉《とらきち》が駆け寄ってきた。

「聞いたか？」

寛一郎は寅吉がそばに来るなりいった。

「はい、さっき甚兵衛さんと表ですれ違いましたので……」

甚兵衛が町奉行所に来たとき、寅吉はひと抱えある口書の類《たぐ》いを風呂敷に包んで、南町奉行所に返しにいっていた。

「とにかく詳しいことを知りたい。それに、万蔵の通夜や葬儀をどうするか、それを母上と相談しなければならぬ」

寛一郎が歩きはじめると、寅吉が遅れてついてくる。

外廻りの同心は、格子《こうし》か縞《しま》の着物を着るが、内役の同心らは総じて黒の紋付きに白衣である。それが定服《じょうふく》だった。

寛一郎は無言で歩きながら万蔵のことを考えた。

(なぜ、父のつぎに小者の万蔵を……)

寛一郎は父・彦九郎が万蔵をことのほか気にかけていたのを知っている。元は掏摸だった男だが、更生したあとは忠実に父の僕《しもべ》となってはたらいていた。見た目は強面《こわもて》だったが、気遣いのできるやさしい男だった。

父・彦九郎がよく口にしたことがある。

——使用人は身内と同じだから大事にしなければならぬ。

また、万が一のことがあっても、使用人を見放してはならぬ、と寛一郎はいわれ

ていた。使用人が増えればそれだけ費《つい》えが嵩《かさ》むが、

——お金のことでケチ臭いことをいったら、天国のお父上が嘆かれますよ。

と、母の久江《ひさえ》は鷹揚《おうよう》なことをいっていた。

だから、寛一郎も父の使用人だった小者をそのまま引き受けていた。

「暮れるのが早くなりましたね。提灯《ちょうちん》を用意すべきでした」

寅吉が申しわけなさそうにいう。たしかに夕闇が濃くなっていた。

「気にするな。遠出するわけではない」

寛一郎はそういってまた万蔵の死と、父・彦九郎の死を重ね合わせた。何らかの関係があるのかもしれないと思うのだ。もちろん、勝手にこじつけているだけかもしれないが、物事は多角的に考えなければならないことを、彦九郎から教わっているので、すぐに否定はできない。

「旦那、変ですよ」

佐内町《さないちょう》を抜け楓川《もみじがわ》の河岸道に出たとき、寅吉がこわばった顔を向けてきた。

「どうした?」

「尾《つ》けられている気がするんです」

低声《こごえ》でいう寅吉を見て、寛一郎は背後を振り返りたい衝動に駆られたが、すんでのところで我慢した。

「何人だ？」

「ひとりか二人……気のせいならいいんですが……」

「様子を見よう。そのまま歩くんだ」

六

寛一郎と寅吉は、河岸道を日本橋川《にほんばしがわ》のほうへ進む。小料理屋や縄暖簾《なわのれん》の軒行灯《のきあんどん》が鮮やかに浮かんでいる。

店の中からにぎやかな客の笑い声や、注文を取る女中の声が聞こえてくる。軒行灯や看板行灯の明かりが、河岸道をあわく浮きあがらせている。

寛一郎は海賊橋《かいぞくばし》をわたる際に、尾行者がいれば、それを確認できると胸の内で計算した。もうその橋までいくらもない。

「寅吉、常と変わらず歩くんだ」

「はい」

殊勝《しゅしょう》な返事をする寅吉だが、背後を警戒している。もちろん、寛一郎も背後に神経を配っていた。

いっしょに歩く寅吉は、先輩同心から紹介されて受け入れた男だった。元は駕籠《かご》舁《かき》で、喧嘩《けんか》っ早く、ときどきかっぱらいをやって咎《とが》めを受けていた。改心を条件に目こぼしされて小者になった男だ。

尖《とが》り顎で三白眼《さんぱくがん》だから、初対面のときの印象はよくなかったが、使っているうちに人間がわかってきた。

思いの外《ほか》思いやりがあり、人に尽くすことを知っているのだ。人見知りをしたり、肌のあわない人間には素《そ》っ気《け》なかったりだが、基本は純朴な男である。

海賊橋に来た。

寛一郎と寅吉は普通に歩く。橋の向こうが与力と同心の屋敷がある八丁堀だ。橋中に来たとき、寛一郎はさりげなく河岸道を見た。

夜商いの店の明かりがあるので、人の姿はよくわかる。しかし、不審な侍の姿はなかった。職人ふうの男が一軒の店に入っていき、河岸道を二人の女が歩いていた。

寛一郎はついでに背後をちらっと振り返った。

人はいなかった。

「寅吉、気のせいだったのだろう。誰も尾けてくるものはおらぬ」

「そうですか。それならいいんですが、万蔵さんが殺されたと聞いたんで、気が小さくなってたんですかね」

橋をわたるとそのまままっすぐ歩き、坂本町《さかもとちょう》の東角を右に折れる。すぐそばに山王御旅所《さんのうおたびしょ》があり、山門前に立てられている幟《のぼり》が、夜風に揺れていた。

右側は坂本町の町屋だ。居酒屋や料理屋の障子が、夜闇に比して明るい。客の話し声が聞こえてくるが、声が交錯しているので言葉を拾うことはできない。

綾部《あやべ》藩九鬼《くき》家上屋敷と熊本《くまもと》藩細川《ほそかわ》家下屋敷の前を素通りし、左へ折れて鍛冶丁《かじちょう》に入った。そのあたりは与力・同心地で閑静な屋敷地となる。店もないので、小路は一層暗い。

寛一郎は夜空をあおいだ。

空は薄い雲で覆われているので星も月も見えない。

(やはり提灯がいったか)

そう思うが、もう自宅は目と鼻の先だ。帰宅したら万蔵がどんな状況で殺されたか、詳しいことを聞かなければならない。

「旦那……」

寅吉が袖を引いた。

その刹那《せつな》だった。黒い影が闇のなかで膨《ふく》れあがり、覆《おお》い被《かぶ》さるように接近してきた。風が頬を撫《な》でたのがわかった。

うわっと、小さな悲鳴をあげて寅吉が尻餅をついた。黒い影を避けるように数歩下がった寛一郎は、刀の柄《つか》に手をやり、

「誰だッ」

と、誰何《すいか》したが、影は答えずに斬撃《ざんげき》を送り込んでくる。

寛一郎は左足を引きながら刀を鞘走《さやばし》らせて、相手の刀をすりあげた。影は自分の刀を捻《ひね》るようにして、寛一郎から離れると、間髪《かんはつ》を容《い》れずに突きを送り込んできた。

(おれを狙っているのか)

寛一郎は奥歯を嚙んで影の突きをかわし、右足を送り込みながら胴を抜きにいった。剣術は直心影流《じきしんかげりゅう》の榊原《さかきばら》道場で磨き、免許をもらっている。しかし、実戦で斬

り合うのはこれが初めてだった。

自分の体に無駄な力が入っているのがよくわかった。しかし、落ち着いていられない状況である。突きをかわされた影は、袈裟懸《けさが》けから逆袈裟に刀を振ってくる。

びゅんと刃風がうなり、闇の中を走る刃《やいば》が鈍い光を発した。

寛一郎の息はすでに上がっていた。初めての斬り合いだから極度に緊張していた。

（逃げたい）

心の片隅でそう思ったが、そばに寅吉がいる。尻尾《しっぽ》を巻いて逃げるわけにはいかない。

「誰だ」

再度誰何した。声がふるえていたかもしれない。

やはり影は答えなかった。無言のまま詰め寄ってくる。

寛一郎は、防戦一方ではいかん、攻撃に移らなければならないと頭の隅で考える。

だが、実戦は道場剣法とあきらかにちがう。攻撃の糸口をつかみたいが、それができない。おまけに闇が濃すぎる。条件は影と同じだが、機先《きせん》を制されているので平常心に戻ることができない。

またもや、びゅんと相手の刀がうなりをあげた。寛一郎は大きく下がってそれをかわした。平青眼《ひらせいがん》に構えて、大きく息を吐いて吸う。

相手はゆっくり間合いを詰めてくる。

一寸、二寸……。相手の刀が上段に上がった。

そのとき、新たな黒い影が目の前に飛び込んできた。

寛一郎は、はっとなった。曲者《くせもの》の仲間かと思ったが、そうではなかった。寅吉だったのだ。十手を構えて相手の撃ち込みを防ごうとしたが、できなかった。

「うぐっ……」

寅吉は肩口をざっくり斬られていた。

そのまま膝から崩れるようにして、地面にうずくまった。

「寅吉!」

寛一郎は大声を発した。そのことに影は怯《ひる》んだのか、さっと身をひるがえすなり、駆け去っていった。

寛一郎は駆け去る黒い影に目を凝《こ》らしたが、それはすぐに見えなくなった。

「寅吉、寅吉、大丈夫か……」

跪《ひざまず》いて寅吉を抱えあげた。

瞬間、右手にべっとりつくものがあった。血だ。生ぬるい。

「寅吉、しっかりするんだ。おい、返事をしろ」

「……」

寅吉はか弱く首を振っただけだった。

「寅吉、寅吉！」

近くの屋敷の表戸ががらりと開く音がした。

「どうした？」

用心深い声がかけられた。

「わたしの使用人が……賊に襲われて……寅吉ーッ」

寛一郎は悲痛な声で呼びかけたが、もう寅吉の体に力はなかった。

七

「寛一郎もなかなかよくやる。彦九郎も面倒見のいい男だったが、寛一郎も親の血をしっかり受け継いでいる」

松田久蔵は茶を飲みながら感心顔でつぶやく。

「それにしてもこう立てつづけに殺しが起きるとは……」

伝次郎は屋根の向こうで飛んでいる鳶《とび》を見て首を振った。

二人は高砂町の茶店に並んで座っていた。目の前は浜町堀《はまちょうぼり》だ。

「寅吉を斬った曲者は、寛一郎を狙っていた。寛一郎ははっきりそういっている。どういうことだかわかるか……」

伝次郎は顔を向けてきた久蔵を見返した。

「まさかとは思いますが、下手人は酒井さんを殺しただけでは飽き足らず、息子の寛一郎まで狙っていた。そう考えることはできますが……」

途中までいった伝次郎は、はっと顔をこわばらせ、

「まさか」

とつぶやいて、久蔵を見た。

「そのまさかかもしれぬ」

「それはあってはならぬ由々《ゆゆ》しきことです」

伝次郎は自分の身の上と、今度の一件を重ね合わせていた。伝次郎は妻子だけでなく使用人の小者たちも殺されていた。

相手は津久間戒蔵《つくまかいぞう》という男だったが、ケリはつけている。

しかし、同じようなことが寛一郎の身に起きている、いや起きようとしているのかもしれない。

「おれもまさかとは思うが、心配でならぬのだ。どうにも気がかりでな。だから、通夜と葬式の席には番所の人間を普段にまして警戒にあたらせた」

万蔵と寅吉の葬儀が終わって三日が経っていた。

伝次郎は通夜と葬儀には参列していない。町奉行所の中には、いまでも伝次郎のことを誤解している人間がいる。それはごく少数ではあるが、顔をあわせたくなかったし、久蔵や直吉郎も来なくていいといってくれた。

町奉行所を去り船頭になった身である。いまさら波風は立てたくなかった。たとえ、伝次郎に非がなくても、人間みな良心的に考えるものばかりではない。

「いまは大丈夫なのですか？」

「寛一郎には、出勤と退勤の折には他の同心といっしょに歩けといってある。それを守っているようだ」

「家のほうは？　奥方がいるんです。買い物や他の用事で外出もされるでしょう」

「久江殿にも注意をするようにいってあるし、他の同心が使っている小者がつけられている。これは北町奉行の計らいもあるので、まず心配ないと思う。もちろん、寛一郎にも同じ計らいがなされている」

「それを聞いて、少し安心しました」

伝次郎は湯呑みを包むように持って口に運んだ。

北町奉行は、小普請《こぶしん》奉行、作事《さくじ》奉行、そして勘定奉行を歴任してきた俊英の大草《おおくさ》安房守《あわのかみ》高好《たかよし》だった。次男はのちに下総関宿藩《しもうさせきやど》の第七代当主になる久世広周《くぜひろちか》である。

「中村さんからちらりと耳にしたんですが、寛一郎はなんでも父親の下手人を絞り込むために過去の犯罪録を調べているらしいですが……」

「そのようだ。あれは例繰方にいるから、具合よく調べができる。期するものはあるが、それは寛一郎にまかせて、おれたちの調べを進めなければならぬ」

そういう久蔵は、茶を飲んで苦虫を嚙み潰したような顔をした。調べが進んでいないからである。

それに万蔵殺しと寅吉殺しと重なっている。いまの段階で、彦九郎殺しと同じ下手人だとすることはできないし、その裏付けもない。探索は難航していた。

「寛一郎に一度会ってみたいですね」

伝次郎がぼそりというと、久蔵が見てきた。

「襲われたときのことを詳しく聞きたいのです」

一応話は聞いているが、それは人を介《かい》してのことだった。伝次郎は直接寛一郎の口から聞きたかった。

「では、今日明日にでも段取りをつけてやろう」

「お願いします」

伝次郎が口の端《は》を緩めて礼をいったとき、久蔵の小者・八兵衛がやって来た。

「旦那、番屋に客です」

八兵衛は久蔵と伝次郎を見ていった。

「誰だ？」

久蔵が聞いた。

「へえ、寛一郎さまです」

伝次郎と久蔵は顔を見合わせた。会いたい人間が向こうからやって来たのだ。急いで高砂町の自身番に行くと、上がり框《かまち》に腰掛けていた寛一郎がすっくと立ちあがって、一礼した。

「このたびはいろいろとお気遣いいただきまして、ありがとうございました」

礼をいった寛一郎は、楽な着流し姿だった。

「今日は非番だったか」

久蔵の言葉に、はいと寛一郎は返事をする。まだ二十二歳の若者だ。父親より母の久江似で色白の面長だ。

「おまえに会いたかったのだ」

伝次郎がいうと、寛一郎もわたしもです、と言葉を返した。伝次郎は寛一郎が洟垂れ小僧だった頃から知っているし、よく懐《なつ》いてくる可愛い子供だった。久しぶりに会うのだが、ずいぶん大人の顔に変わっていた。

「ちょうどおまえからじかに話を聞きたいので、その段取りを松田さんに頼んでいたところだったのだ」

「そうでしたか」

「なんでも過去の犯罪録を調べてくれているそうだな」

「はい、それでわかったことがあります」

「まあ、いい。上がって話を聞こう」

久蔵が話に割り込んできて、寛一郎と伝次郎を畳の間にあげた。詰めている書役と番太が遠慮して隅に移り、店番が茶を淹《い》れにかかった。

「おまえが襲われたときのことを詳しく聞きたいと思っていたんだが、わかったことというのはなんだ？　先にそれを聞こう」

伝次郎は寛一郎をまっすぐ見ていった。

「下手人のことがわかったかもしれないんです」

「なんだと……」

久蔵が身を乗りだした。

「おそらく、蝙蝠《こうもり》の安蔵《やすぞう》一家にいた祥三郎《しょうざぶろう》というやくざだと思うんです。ほぼ、まちがいないと思います」

その口調には自信が窺《うかが》われた。

伝次郎と久蔵は、思わず顔を見合わせた。

第二章　助っ人

一

「なぜ祥三郎だと思う？」

久蔵だった。

「まず、父の関わった事件を片端からあたっていきました。その中で引っかかる罪人が八人ほど浮かんできました。その根拠は、下手人が犯行に及ぶ心のありようを推量してのことです」

「心の、ありよう……」

久蔵は言葉を句切って、感心顔でつぶやく。

「わたしは例繰方に上がってくる、判決に至るまでのあらゆる記録簿に目を通しました。そのうえで取り調べに際しての口書あるいは口上書、公事録、そして吟味書などを詳しく検分《けんぶん》しました」

寛一郎は目をきらきら輝かせて話をつづける。伝次郎は思った。

（こやつ、いつの間にこんな大人になった）

だが、口には出さずに耳を傾ける。

「犯罪にはいろんな人間の心のありようが関係します。計画を立てての凶悪なこともあれば、些細《ささい》なことでカッとなって相手を殺すこともあります。しかし、父を殺した下手人の心のありようは、カッとなってのことでもなく、他のことで心がむしゃくしゃして八つ当たりというのでもありません。下手人は端《はな》から狙いを定め、相手の行動を探り、ことに及ぶ時機を待っていたはずです」

「では、下手人は彦九郎のことを調べたうえで殺しに至ったというのか」

久蔵は殺された彦九郎と同輩だから呼び捨てにする。

「おそらくそうでしょう」

「しかし、おまえは八人の罪人が浮かんだといったが、その中からどうやって祥三郎だと見当をつけた」

伝次郎だった。店番が淹れてくれた茶に口をつける。

「八人をふるいにかけていきました。すると、最後に三人の男が残りました」

それは、久蔵と中村直吉郎が見当をつけていた男たちだった。

・遠州《えんしゅう》浪人の大田原金蔵《おおたわらきんぞう》。人殺しを手伝った科《とが》で八年前に遠島《えんとう》刑。
・祥三郎。蝙蝠の安蔵一家の子分。賭博《とばく》行為で二年前に江戸払い。
・浪人の山岡俊吉《やまおかしゅんきち》。人殺しの罪で永尋《ながたずね》中。半年前彦九郎が捕り逃がしている。

「すると、その中から祥三郎ではないかと、目をつけたというわけだな」

「はい、おそらく十中八九間違っていないはずです。その前に大田原金蔵ですが、一時期流されている大島《おおしま》で行方がわからなくなっていましたが、これは見つかっています。釣りに行って崖から落ち、漁師の世話になっていただけということがわかりました」

「ふむ」

久蔵は煙管に刻みを詰めて吸った。

「山岡俊吉のことは不明ですが、殺しを重ねるような男ではない、と公事録や口上書を読んで思いました。俊吉を知っているものたちの証言にも、本来は気の小さい男で、剣術の腕もさほどでないといいます。父を斬った男は手口から考えて、またその近くにいた人たちの話でも、かなりの使い手だったといいます。それに父は役目柄、剣術の鍛錬を怠《おこた》ることがありませんでしたし、わたしも太刀打ちできない腕を持っていました。それは沢村さんも松田さんもご存じのことだと思います」

伝次郎と久蔵は黙ってうなずく。

「もちろん祥三郎だと決めつけるわけではありませんが、祥三郎は男色《なんしょく》でした。そして、もっとも親密な仲だったのが、父に斬られて絶命した芳吉《よしきち》でした」

「なんだと」

久蔵は驚いて目をみはった。

伝次郎もこの新事実には驚いた。見落としである。

「祥三郎を捕縛《ほばく》にいったのは、父と中村さんでした。そのとき、いっしょにいた芳吉が祥三郎を庇《かば》おうとして、匕首で父に刃向かっていったのです。父はやむなく芳吉を斬りました。そのことで中村さんは祥三郎に縄を打つことができたのです」

「待ってくれ。祥三郎は博奕場《ばくちば》で中盆を務めていた男だ。そんな野郎が、彦九郎を斬れるかな」

久蔵は煙管の雁首を、灰吹きにぽこぽこ打ちつけながら寛一郎を眺める。

「祥三郎はやくざでしたが、元々は浪人でした。安森《やすもり》という苗字もあります。さらに、以前は上野《うえの》の志道館《しどうかん》で師範代を務めていた男です」

「なにッ」

伝次郎は眉間に縦じわを彫った。隣にいる久蔵も驚いている。

志道館は天然理心流《てんねんりしんりゅう》の神之宮平八《かみのみやへいはち》が指導する道場で、神之宮は江戸十傑に数えられる剣客だった。

「祥三郎は蝙蝠の安蔵一家には用心棒として雇われた男です。ところが、大きな揉め事や出入りなどはなくたいした金にならない。それで、鉄火場《てっかば》仕事を覚えて寺銭や貸し金の取り立てをする中盆をやっていたのです」

「まあ博奕仕事はいいとして、志道館で師範代を……」

久蔵が半ばあきれ顔でいう。

「酒井さんに斬られた芳吉は、祥三郎の情夫だった。それはまちがいないのだな」

伝次郎は寛一郎をじっと見ていう。

「調べはすんでいます。間違いありません」

寛一郎は自信たっぷりに答えた。すでに下調べをすませているのだ。これには舌を巻くしかなかった。

「それから万蔵の殺しも手際がよく、巧みに行われている気がします」

「たしかにそうだ。手掛かりはまだなにもつかめておらぬからな」

久蔵は寛一郎を見直した顔をしていた。

「父が祥三郎を捕縛にいった際、万蔵もその場にいたのです」

「そうだった」

「そして、わたしも先日襲われましたが、相手のことは何もわからずじまいです。それに尾行にはまったく気づきませんでしたし、襲われたときの相手の剣捌きは尋常ではありませんでした。もし、寅吉がいなかったら、わたしは斬られていたでしょう」

そういった途端、寛一郎は目を潤ませた。

犠牲となった寅吉のことを思ってのことだろう。

「なぜ、おまえは襲われたと思う？」

伝次郎だった。

「わたしは祥三郎について話を聞くために、志道館に出入りしたり、蝙蝠の安蔵一家にいたものたちの何人かに会ったりしました。他の一家に移っているものもいますし、足を洗って堅気《かたぎ》の商売をしているものもいましたが、その調べが祥三郎の耳に入り、目障りになったのかもしれません」

「それだけと思うか……」

寛一郎はゆっくりかぶりを振った。伝次郎はつづけた。

「祥三郎がこの世で最も大切にしていた人間が、芳吉だったなら、おそらく泣き寝入りはしないだろう。親より大事な男だったなら、それは最愛の妻を殺された夫の心情と変わらぬはずだからな」

「ごもっともです」

「いっておくが寛一郎、もし祥三郎が真の下手人なら、おまえの父親を殺しただけでは、飽き足りていないということかもしれぬ。おれのいうことがわかるか」

伝次郎は寛一郎をまっすぐ見ていった。

「はい、ちゃんと心得ています」

寛一郎は緊張の面持ちで答えた。

「お奉行が気を使ってくれているそうだが、十分気をつけることだ」

「はい」

「とにかくこれで的は絞れた」

久蔵がぱんと自分の膝をたたいて、目を光らせた。

二

中村直吉郎に会ったのは、伝次郎が高砂町の自身番を出て、音松といっしょに上野に向かう途中だった。大伝馬町《おおてんまちょう》の通りでばったり出くわしたのだ。

「なんだって……」

あらましを聞いた直吉郎は、切れ長の目をくわっと見開き、

「おい、もう少し詳しいことを教えろ」

と、伝次郎にせがんだ。

それで、近くの茶店に入り、人の耳を気にして隅に陣取った。音松と直吉郎の小者・平次が、人を寄せないように少し離れたところに座っている。

伝次郎は寛一郎の調べと推量を、余すところなく話した。

「つたく、おれたちとしたことが……」

直吉郎は「やられた」という顔で、首を振り、盆《ぼん》の窪《くぼ》をたたいた。

「それにしても伝次郎、おれたちがああでもねえこうでもねえと、あちこちほじくって苦労してるときに、寛一郎の野郎は御番所の詰所に静かに座って、そのことを調べあげたってわけか。まったく恐れ入谷《いりや》の鬼子母神《きしもじん》だ」

「松田さんは、さっそく蝙蝠の安蔵一家を調べに行ってます」

「安蔵一家。もう潰れて、ねえだろう」

「残党がいます。祥三郎を匿《かくま》っているやつがいるかもしれないでしょう」

「ま、それはそうだ。それでおまえはどうするんだ？」

「祥三郎は志道館で師範代をしていました。つながっている門弟がいるかもしれませんから……」

「なるほど」

直吉郎は、それじゃおれはどうしようかと腕を組む。

「ここで会えてよかったです。酒井さんが斬った芳吉のことを、調べてもらいたいということでした」

「松田さんがいったんだな」

「はい」

「ふむ、芳吉と祥三郎がそんな仲だったとはな。それで何となく納得がいく」

直吉郎はとがり気味の顎を、片手でさすりながら遠い目をした。

「それは？」

「うむ。祥三郎はおれと酒井さんで捕縛に行ったんだ。あれは夏の暑い晩だった」

直吉郎はそういって、当時のことを思い出しながら語った。

晩夏の江戸にはすでに秋の虫がすだいていた。

そこは大川を望める御蔵前片町《おくらまえかたまち》にある小さな一軒家だった。これから捕縛に行く、祥三郎が隠れている家である。

祥三郎は蝙蝠の安蔵一家の大物だった。

罪状は賭博行為である。博奕は基本的に御法度《ごはっと》であるが、町奉行所は見逃しておくことが多い。また、博奕場を開くほうも、取り締まりを逃れるために、町奉行所の手の及ばない寺社や大名屋敷や旗本屋敷を使うことが多い。

しかし、安蔵一家は取り締まりが甘いことにいい気になったのか、市中の商家の寮（別荘）や貸座敷屋を使い、ときには屋形船を借り切って派手な賭場《とば》を開くこともあった。

そんなこんなで博奕場周辺に柄のよくない男たちがうろつくので苦情が重なり、また小さな揉め事も頻発していた。

こうなると町奉行所も知っておきながら知らぬふりはできない。そこで、賭場を主催《しゅさい》する主だったものたちを、捕まえようということになった。

捕縛するのは、開帳場の主催者である貸元《かしもと》（親分の安蔵）、代貸《だいがし》（貸元代理人）、寺銭の取り立てをする中盆《なかぼん》、そして壺振りの四人だった。

祥三郎は中盆を務めていた。代貸は銀蔵《ぎんぞう》、壺振りは弥助《やすけ》といった。いずれも安蔵の子分だ。

そこで賭場に乗り込んで捕縛にあたったが、祥三郎だけが捕吏《ほり》の手を逃れて消えた。その追跡にあたったのが、直吉郎と彦九郎だった。

祥三郎の行方をつかんだのは摘発から十日後のことだった。今度は逃がしてはならなかったが、捕縛相手はひとりであるから、直吉郎と彦九郎の二人でやることになった。もちろん、二人には小者や岡っ引きたちがついているから総勢六人という人数だ。

直吉郎と彦九郎は、万が一逃げられてはかなわないから、手先の小者たちを家の周囲に配った。それから様子を見て、直吉郎と彦九郎は戸口から入ることにした。手はずどおりに、直吉郎が声音《こわね》を使って屋内に声をかけた。返事はなかった。もう一度声をかけると、家の中に人の気配があり、用心深い声が返ってきた。

「誰だい？」

「牢に入ってる安蔵親分からの使いです」

直吉郎が答えた。

「名は？」

「へえ、今度世話になることになった直吉《なおきち》です」

直吉郎は前以《まえもつ》て決めていた名を口にした。

「……直吉」

相手は不審がった。それが祥三郎かどうかはわからなかった。

「大事な言付《ことづ》けなんです。それにわたすものがあります。親分が気を利かせて、費えを用立ててくだすったんです」

「まったく親分って人は……」

気を緩めたつぶやきがあって、戸口がゆっくり開けられた。刹那、直吉郎の隣に控えていた彦九郎が、相手を家の中に押し返すようにして飛び込んだ。

「神妙にしろ！　南町奉行所だ」

彦九郎がそういったとき、奥にいたもうひとりが匕首を抜くなり斬りかかってきた。押し倒された祥三郎は、ようやく半身を起こそうとしているときだった。

背後にいた直吉郎は、彦九郎が斬られると思い、

「酒井さん、危ない！」

と、とっさに注意を促した。

だが、彦九郎は練達《れんたつ》の士である。かかってくる男の匕首を半身をひねってかわす

と、抜き様の一刀で背中を断ち斬った。

相手は短い悲鳴を発して、土間にうつぶせに倒れた。それが、芳吉だった。

屋内に絶叫が谺《こだま》したのはその直後だった。

「芳吉ぃー！　芳吉ぃ！」

祥三郎は叫びながら芳吉にすがりつき、キッとした目を彦九郎に向けた。蛇のように禍々《まがまが》しい目だった。だが、抵抗することはできなかった。彦九郎の刀の切っ先を喉元に突きつけられたからだった。

「万蔵、こやつに縄を打て」

命じられた万蔵が祥三郎に縄を打った。


「その間も、やつは酒井さんをにらみつづけていた。目に涙を光らせてな」

直吉郎は話を一休みして茶に口をつけた。

葦簀《よしず》の隙間から射し込む日の光が、足許《あしもと》にいくつもの筋を作っていた。

「芳吉の死体は近くの自身番に預けて、祥三郎を大番屋に連れていったんだが、やつはぶつぶつと呪詛《じゅそ》のようなつぶやきを漏らしていた」

「どんなことをです？」

伝次郎は真剣な目で直吉郎を見る。

「いま頃になってそんなことを思い出すのも、寛一郎が下手人を絞り込んだからだろうが、あのとき祥三郎は、このままじゃすまさねえ、このままで終わりだと思うな、そんなことをいっていた。それから縄尻をつかんでいる万蔵と酒井さんに、いかにも憎々しげな怨嗟《えんさ》の目を向けていた。人を射殺《いころ》すような怖い目だった」

「祥三郎は自分ひとりが捕まるだけなら観念したのかもしれません。しかし、芳吉を目の前で斬られたことが、どうにも我慢できなかった……」

「そういうことだろう。しかし、おかしいと思わねえか」

「何がです？」

伝次郎は直吉郎を見た。

「やつを捕まえて二年だ。江戸払いになってからも同じぐらいだ。酒井さんを恨んでいるなら、いつでも闇討ちはかけられたはずだ」

「それはわたしも気になることですが、ひょっとすると二年の間、剣術の腕を磨いていたのかもしれません。相手は町方の同心です。祥三郎が天然理心流の免許持ちでも、鍛錬を怠れば、腕はすぐに落ちます」

「だから鍛錬をしていたと……」

まあ、それも考えられるな、と直吉郎は表に目を向けて顎を撫でた。

三

上野の志道館は、不忍池《しのばずのいけ》にほど近い池之端仲町《いけのはたなかちょう》にあった。

道場は立派な構えである。伝次郎は音松を見た。梵天《ぼんてん》帯に股引という小者のなりではなく、着流し姿だ。その辺の町人となんら変わらない。

伝次郎も着流しに二本差しである。町方には見えない。だが、その雰囲気は持っているし、聞き調べに廻っても、町方の手先だといえば話は通じるはずだった。

道場の玄関に入ると、稽古《けいこ》を見守っていた門弟らが一斉に目を向けてきた。その中からひとりの若い者が立ちあがり、そばにやってきた。

「何かご用でしょうか？」

若者は凛々《りり》しい顔立ちだ。

「わたしは沢村伝次郎という町方の手伝いをしているものだ。この道場に以前、安森祥三郎という男がいたはずだが、二、三訊《たず》ねたいことがある。誰か知っているものはいないだろうか……」

「安森祥三郎さんですか……」

若者は聞き覚えがないようだ。

「安森は師範代を務めたこともあるそうだ」

伝次郎が言葉を足すと、若者は少し待ってくれといって奥に下がった。

道場では掛稽古《かかりげいこ》が行われていて、気合いと竹刀《しない》の音、そして床を蹴る音が交錯していた。武者窓から射し込む日が床で照り返っている。

しばらくして四十代半ばと思われる男がやって来た。

大倉正吾《おおくらしょうご》という師範代だった。

「安森さんのことでしたら、先日も北御番所の方がお訊ねに見えましたが、同じことでしょうか……」

「それは酒井寛一郎という同心だろう」

「さようです」

「わたしの知りあいだ。じつはその酒井殿からこちらの話を聞いたのだ。安森について詳しいことを知りたいのだが……」

「どういうことかわかりませんが、ここでは話しづらいでしょうから、道場の裏におまわりください」

道場裏に道場主の住まいがあり、その一室の客間に伝次郎と音松は通された。閉め切られた障子に楓《かえで》の影が映っていた。

「安森のいったいどんなことを……。わたしはあの男と同じ頃の入門だったのです」

大倉は体と同じく、どっしりした鼻を持っていた。

「安森のその後をご存じですか？」

「風の噂で博徒《ばくと》一家の用心棒をやっていると耳にしたことがありますが、その程度です」

これでは話にならない。

「では、安森と仲のよかったものや、この道場を去ったあとも付き合いのあるような人間を知りませんか？」

大倉は少し視線を彷徨わせてから答えた。

「じつは先日も同じことを聞かれましてね。あとで、いろいろ考えて思いあたる男がひとりいたのです」

「それは……」

伝次郎はわずかに身を乗りだした。

「同じ道場仲間だった沖田新三郎《おきたしんざぶろう》という男です。安森が贔屓にして指導していた門弟ですが、三年ほど前に道場をやめております。そもそも安森は道場ではともかく、人付き合いが少ないほうでして、道場外での門弟らとの付き合いもなかったはずです」

「その沖田新三郎殿はどこにいるかわかりますか？」

「沖田采女《うねめ》様という大身旗本《たいしんはたもと》の次男でしたから、ひょっとすると養子にいっているかもしれません。屋敷は湯島《ゆしま》三組町《みくみちよう》の近くだったはずです」

「他に安森と懇意にしていた門弟はどうです？」

「それが思いあたらないんですよ。とくに親しくしていたといえば、やはりいま申した沖田ぐらいで……」

伝次郎は音松と顔を見合わせ、これ以上は無駄な聞き込みだろうという意思を伝えた。

障子にあたっていた光が翳り、客座敷が暗くなった。

「また、何か訊ねに来るかもしれませんが、お邪魔しました」

伝次郎はそのまま志道館を辞去した。

西の空に夕焼けが見られるが、すでに日は没しようとしている。乾いた風が通りを吹き抜け、伝次郎と音松の着物の裾をめくりあげた。

「沖田采女様の屋敷を訪ねるんですね」

音松が歩きながらいう。

「湯島三組町なら遠くない」

伝次郎は足を急がせた。

しかし、沖田采女の屋敷を探すのには手こずった。

湯島三組町は明神下《みようじん》の通りの西側で、本郷新町屋《ほんごうしんまちや》の東側にある。一口に湯島三組町の近くといっても、その範囲は広い。

あちこちを訪ね歩いて、やっと見つけたのは、上野寛永寺《かんえいじ》の時の鐘が、暮れ六つすでに宵闇は深くなっており、空には星がまたたいていた。（午後六時）を空にひびかせたあとだった。

沖田采女の屋敷は三組坂の下、伊勢《いせ》亀山《かめやま》藩石川《いしかわ》家上屋敷の西側にあった。大きな屋敷だ。立派な長屋門で、屋敷のまわりには屋根付きの黒板塀《くろいたべい》をめぐらせてあった。塀の向こうに枝振りのよい松の姿がある。

門前で「頼もう、頼もう」と訪《おと》ないの声を張ると、脇の潜《くぐ》り戸《ど》から中間があらわれた。伝次郎が訪問の意図を伝えると、中間は伝次郎たちを門内で待たせて玄関に去っていった。

しばらくして、中間と入れ替わるようにひとりの男が玄関から出てきた。提灯を提げている。その明かりが男の顔を赤く染めていた。瓜実《うりざね》顔で色の白い男だった。

「沖田新三郎はわたしですが……」

新三郎は提灯をかざし、伝次郎と音松を値踏みするように見た。

「つかぬことを伺いますが、志道館にいた安森祥三郎という男をご存じですね」

祥三郎の名を出した途端、新三郎は如実にいやな顔をした。

「あの男の何を知りたいのです」

「居所です」

新三郎は短く嘆息《たんそく》した。それからまっすぐ伝次郎を見て、濡れているような赤い唇を動かした。

「名も聞きたくない、二度と会いたくない人です。居所なんかわかろうはずがない」

最後は突き放すような乱暴な口調だった。

「安森祥三郎と何かあったのですか？」

「あるわけがない」

「では、最後に会われたのはいつです？」

「知らぬ。あの者が道場を去る前に、わたしは道場をやめている。だから三年か四年はたっている」

新三郎はあきらかに祥三郎を毛嫌いしている。

「その後、安森祥三郎のことを耳にしたようなことは？」

「ない」

新三郎は強くかぶりを振って答えた。

「ご用とはそんなことですか、安森祥三郎などわたしには関わりのないこと。どうぞ、お引き取りください」

けんもほろろのものいいに、伝次郎は黙って引き下がることにした。突っ込んだことを聞いても無駄だとわかったからだ。

「どうします？」

屋敷の外に出て音松が聞いてきた。

「今日は引きあげよう。明日から本腰を入れての探索だ」

四

「はい、わたしがお酌しますねえ」

酒を運んで来たお幸《さち》が、銚子を掲げていった。

いつも楽しげな笑みを浮かべている好感のもてる娘だった。可愛らしい鼻がぷいっと上を向いている。以前はほっぺが無花果《いちじく》のように赤かったが、いつの間に覚えたのか、今夜は薄化粧をしていた。

千草の店だった。

客は五分《ぶ》の入りで、千草は板場で料理を作っていた。伝次郎はいつもの小上がりの隅に座って、お幸の酌を受けて酒を飲んでいた。

「何かいいことがあったみたいな顔しているな」

伝次郎はお幸を見ていう。

「そうですかァ」

「いつもそうだが、今夜はちがう。化粧もしているし。そんなに女を上げてどうする」

「いやだァ、もう伝次郎さん」

お幸は照れながら伝次郎の膝をぽんとたたいた。

「お化粧は身だしなみだって女将さんにいわれたからですよ」

「もういい年頃ですからね。悪い虫もつかないようじゃ困るでしょう」

千草が他の客に料理を運びながら声をかけてきた。

「女将さんも、わたしのことからかって……」

お幸はぷうっと頰をふくらませる。それがなお可愛いので、伝次郎は微笑んで酒を飲んだ。他の客から酒の注文があったので、お幸はそのまま離れていった。

伝次郎はちびちび酒を飲みながら、安森祥三郎のことを考えた。

わかっていることは少ないが、ぼんやりした像は描ける。もっともそれがあたっているかどうかは、いまの時点ではわからないことではあるが。

人付き合いが下手ということは、好き嫌いが激しいのだろう。そういう人間は、一旦嫌いだと思った人間とは二度と付き合わないし、徹底して無視をする。いやなことをされれば、陰湿にその相手を恨んだり、ときに嫌がらせをしたりする。

逆に気に入った相手には必要以上に接近し、仲を深めたがる。そのことでかえって相手が疎《うと》ましく思うということを知らない。しかし、人によっては好意的に接してくれる人間もいるはずだ。

沖田新三郎はずいぶんと祥三郎のことを嫌っていたが、おそらく祥三郎にいい寄られたのかもしれない。道場では新三郎を贔屓にしていたというが、じつは〝恋愛〟の対象者と見做《みな》していたのかもしれない。

新三郎は男色家に好かれそうな面立《おもだ》ちだった。あり得ることだろう。だが、祥三郎は新三郎に袖にされたのかもしれないし、新三郎はいい寄ってくる祥三郎を気味悪がったと考えることもできる。しかし、それはどうでもいいことだ。

要は祥三郎が、いまどこで何をしているかである。寛一郎の推量があたっているなら、祥三郎がつぎに狙うのは誰だ？

伝次郎は酒を舐《な》めるように飲みながら、寛一郎や彦九郎の妻・久江の顔を思い浮かべた。さらに、彦九郎についていた中間の甚兵衛、小者の粂吉がいるが、祥三郎捕縛の際にはその場にいなかった。

いたのは万蔵と中村直吉郎、直吉郎の小者・平次と三造《さんぞう》、岡っ引きの助三郎《すけさぶろう》、そして彦九郎の六人である。

（まさか中村さんを……）

そう考えた瞬間、伝次郎は背中に冷水をかけられたように、ぶるっと体を揺すった。

（明日から仕事はしばらく休みだ）

伝次郎はそう決めて、盃《さかずき》をほした。彦九郎殺しの下手人を安森祥三郎だと、的を絞った以上のんきに構えてはいられない。

「さあ、為《ため》さん、いい加減におし。英二《えいじ》さんもそうだよ。明日は仕事があるんだろう。いつまでもウダウダ飲んでんじゃないよ」

伝次郎が我に返ると、土間席の客を叱る千草の声に気づいた。

為さんと呼ばれたのは、畳職人の為七《ためしち》である。英二は近所の大工だった。二人は早くから飲んでいたらしく、すっかり上機嫌だ。

もう一杯だけ飲ませろと千草に媚《こ》びを売る笑みを浮かべているが、

「駄目だよ。そんなに飲んだら体悪くしちまう。さあ、この辺にして今夜は帰った帰った」

為七と英二は悪態をついたが、

「何とでもいえばいいだろう。だけど、それ以上いったら金輪際《こんりんざい》この店の敷居はまたがせないからね」

と、千草は威勢のいいことをいう。

二人は結局はたじたじとなって帰っていった。それからすぐにもう一組の客も帰り、客は伝次郎だけになった。

「お幸ちゃん、もういいわ。ご苦労様」

土間席の片付けを終えたお幸に、千草が声をかけた。お幸はもう少し大丈夫だと

いったが、千草は今夜は早仕舞いするからいいわ、とやんわり断り、

「それにこの刻限から来る客なんてめったにいないから」

と、言葉を足した。

お幸は前垂れを外すと、伝次郎に挨拶をした。

「伝次郎さん、ゆっくりしていってください」

「ああ、気をつけて帰るんだぜ」

お幸が店を出て行くと、急に静かになった。

「はーっ、なんだか疲れちゃった」

戸口の前に立って、千草が伝次郎を振り返った。

「忙しかったのか?」

「もう店を開けてからずっとお客がひっきりなしで……」

千草はとんとんと肩をたたき、お幸ちゃんが来る日だったから助かりましたけど、
といって伝次郎の前に腰をおろした。

「忙しいことは何よりだ」

「伝次郎さんは……」

千草は酌をしながら伝次郎を見た。

「おれも忙しくなりそうだ。明日から船頭仕事はしばらくお預けにする」

すでに千草は伝次郎がどんなことをしているか知っている。いや、もうほとんどのことを知っているといっても過言ではない。二人はそれほど親密な仲なのだ。

「すると、何かわかったのですね」

「うむ」

「じゃあわたし、お店閉めます」

千草はさっと立ちあがった。

「おいおい急にどうした？」

「だって、しばらく伝次郎さんに会えないってことでしょう。だから暖簾を仕舞うんです」

千草はさっさと暖簾を仕舞い、軒行灯の火を消した。

「何だか慌ただしいな」

「だってしようがないでしょう。わたしも一杯もらっちゃおうかしら」

千草はさっきの常連客に見せたのとはちがう顔になっている。伝次郎の前では、ときどき生娘《きむすめ》のような仕草をしたり、照れたりするのだ。それに慎み深い奥ゆかしさも持ちあわせている。

「今夜はいっしょに帰ります」

酒を飲んでから千草が見つめてきた。

かすかに目を潤ませている。伝次郎の家に泊まるという意思表示である。ときどき通い妻になる千草だが、今夜はとくに甘えた顔をしていた。

「それはいいが、今夜は少しおかしいな」

「ちっともおかしくなんかありません。だって心配じゃありませんか」

千草はつと手を差しのばしてきて、伝次郎の手をつかんだ。千草は骨細《ほねぼそ》だから華奢《きゃしゃ》に見えるが、着物を脱ぐとしかるべきところにはしっかり肉がついている。それにいまだにきめの細かい瑞々《みずみず》しい肌をしている。

「では、これを飲んだら帰ろう」

伝次郎は手酌をして酒をあおった。

五

表から雀《すずめ》の鳴き声と、長屋の連中が井戸を使っている水音が聞こえてきた。雨戸の隙間にかすかな光がある。

伝次郎が目を開けると、隣に寝ていた千草と目があった。

「起きていたのか？」

「いま目が覚めたところです」

千草はそういって体の向きを変え、逞《たくま》しい伝次郎の胸に頬をつけた。千草のふくよかな乳房が脇腹にあたっている。伝次郎は手を下ろし、肉置《ししお》きのよい千草の尻を撫でた。

「今日から勝負なのですね」

「おそらくそうなるだろうな」

「気をつけてくださいよ」

千草は頭をもたげると、伝次郎の唇に自分の唇を短く重ねて起きあがり、きれいな裸身に寝間着を羽織った。

伝次郎は腹這いになって煙管に火をつけ、煙を吹かしながら、今日からの探索を頭の中で考えた。

松田久蔵と中村直吉郎の、昨日の調べも気になる。何か進展があったかもしれないし、大きな手掛かりがつかめているかもしれない。そうであることを願って、伝次郎は夜具を抜けだした。

千草がてきぱきと朝餉《あさげ》の膳部《ぜんぶ》を調《ととの》えてくれた。いつものことであるが、こういうときだけ夫婦になった錯覚に陥る。だが、それは悪いことではない。

適度な距離を置くことで、二人には常に新鮮な感覚があった。伝次郎は豆腐の味噌汁をすすり、鰯《いわし》のぬたをおかずに飯を頰ばった。鰯のぬたは、昨夜千草の店で余ったものだ。伝次郎はそれで十分だった。ぬたには若布《わかめ》と葱《ねぎ》も入っているし、嫌いではない。

熱い茶を飲んで着替えをすると、

「では行ってまいる」

と、伝次郎は差料《さしりょう》を引き寄せた。

「お待ちになって」

戸口の前で、千草が切り火をしてくれる。小さなことだが、心配してくれる千草の気持ちが嬉しかった。

自宅長屋を出た伝次郎は、そのまま大橋方面には向かわず、山城橋たもとに繋《つな》いでいる自分の舟を見に行った。

船頭を生業《なりわい》にしている手前、やはり自分の舟は気になる。舟は常と変わらずそこにあり、かすかに揺れていた。

高く晴れわたった空から鳶が笛のような声を落としていた。六間堀の水面が、その空を映していた。

風が冷たさを増していた。伝次郎は襟をかき合わせて、きびすを返した。

高砂町の自身番に入ると、詰めている書役や店番の他に、岡っ引きの丈《じょう》太郎《たろう》の顔があった。伝次郎を見ると目を輝かせて挨拶をしてくる。

「昨日、松田さんか中村さんに会わなかったか？　昼間じゃねえぜ」

伝次郎は挨拶を返してから聞いた。

「中村さんには会ってませんが、松田の旦那とはずっといっしょでした」

「すると蝙蝠の安蔵一家を探っていたのか。お、すまねえ」

伝次郎は店番から茶を受け取って、丈太郎を見る。岡っ引きになってまだ間もない男だが、だんだんいい顔になってきた。もともと太い眉を持つ凜々しい顔をしているのだ。

「安蔵一家はもうありませんが、他の一家に移った子分に会えました」

伝次郎は丈太郎に顔を向けて、それでどうだった、と聞いた。

「三人の男に会いましたが、祥三郎が江戸払いになってからは会っていないといいやす。今日は他のやつに会うことにしてるんで、それで何かわかるかもしれません」

他のやつというのは、つまり元安蔵一家の子分ということである。

「江戸払いになったのが二年前……」

小さくつぶやく伝次郎は、祥三郎がその二年間どこで何をしていたのだろうかと思った。

江戸払いというのは、刑期中に品川《しながわ》・板橋《いたばし》・千住《せんじゅ》・本所・深川・四谷《よつや》の大木戸《おおきど》以内、つまり江戸町奉行所が支配する朱引《しゅびき》内に住むことを禁じている。しかし、旅装束で通り過ぎることに関しては咎めはなく、わりと軽い刑であった。

「それにしても、祥三郎の仕業《しわざ》だと決めつけていいんですかね」

伝次郎が考えごとをしていると、丈太郎がぽつりとそんなことをいった。

「たしかにそれはおれも考えるところだ。だが、寛一郎の調べではそうだ。的を絞り込むことは、探索に欠かせない。もっとも外れることもあるが……」

「それじゃ今度は……」

「外れていないことを願うだけだ」

「酒井の旦那の身内が狙われているかもしれない、と松田の旦那は心配してます。それに中村の旦那のことも」

「酒井さんの家は警護《けいご》されているし、寛一郎にも警護がついている。中村さんはいつもひとりじゃ動かぬ。まあ、たしかに心配ではあるが、追っ手となる探索方がびくついてちゃ話にならぬからな」

伝次郎は茶に口をつけた。

直吉郎と久蔵がやって来たのは、それからすぐのことだった。

二人は伝次郎を交えて昨日の調べの結果を話し、探索についての意見を交わした。

これといった手掛かりはまだなにもないので、結局は昨日と同じ動きをすることになった。

みんなは早速それぞれに行動を開始した。

伝次郎は音松を連れて、上野行きである。志道館の大倉正吾という師範代に、もう一度会うつもりだ。相手は執拗《しつよう》な聞き込みをいやがるだろうが、探索に相手の迷惑を考えては仕事にならない。

「旦那、沢村の旦那……」

声をかけられたのは、明神下の通りだった。

伝次郎が立ち止まって振り返ると、一軒の茶店から中年の男が出てきた。鑿《のみ》で削ったようなごつごつした顔をしている。

「これは助三郎じゃねえか」

酒井彦九郎が面倒を見て岡っ引きになった男だった。明神下周辺を縄張りにしている。

「旦那のことはときどき噂で聞いていたんですが、お久しぶりです。こっちはひょっとして音松さん……」

「そうだ。元気そうだな」

音松も助三郎とは面識があった。短い立ち話で互いの近況を話すと、

「あっしも酒井の旦那のことについては、どうにも我慢ならねえんです。他の旦那が声をかけてくれりゃ、何もかも放《ほ》っぽりだして助《すけ》をしたいと思ってたんです」

そういった助三郎は仲間に入れてくれないかと、伝次郎に手をあわせて頼んだ。

「忙しくはないのか？」

「いまはこれといったことはありませんので、体は空《あ》いてるんです」

伝次郎は一度通りの先に視線を飛ばしてから、助三郎に顔を戻した。探索の人数は少ないより多いほうがいいに決まっている。

「よし、やってもらおう。ただし、おれはこんな姿をしているが、船頭だ。昔みたいに酒手《さかて》ははずめないぜ」

「旦那、そんなこたァ考えてもいませんよ。あっしゃ、何がなんでも酒井の旦那を殺した下手人をひっ捕まえたいんです。それに万蔵さんも殺されちまってるじゃねえですか」

助三郎はいかつい顔に、悔しさともどかしさをにじませた。

六

その日、中村直吉郎は強い手掛かりをつかんだ。祥三郎の〝愛人〟だった芳吉のことだった。

それは高砂町からほどない松島町《まつしまちょう》にある陰間《かげま》茶屋での聞き込みだった。宴席に男娼《だんしょう》を呼んで遊ぶ料理屋である。

平安時代にはじまったといわれる男色は、江戸期に入っても廃《すた》れておらず、特段めずらしく思われることもなかったようだ。また、男色の気《け》がありながら女性との交合《まぐわい》も好む両刀遣いも少なくなかったという。

「へえ、うちの店にはよく来ておりましたよ。贔屓にしていた子もいますしね。金払いもいいし、いい客でした。めっきり足が途絶えて、どうしたんだろうってみんなで話していたんです」

そういうのは民右衛門《たみえもん》という陰間茶屋・不二屋《ふじや》の主だった。火鉢を抱くようにして帳場に座っている。

「贔屓にしていた子がいるといったが、そいつには会えるかい」

直吉郎は民右衛門をまっすぐ見ていう。

「へえ、秀太郎《ひでたろう》といいますけど、いつでも会えますよ」

「いまから会いたいんだがどこへ行きゃいい？」

直吉郎は意気込んだ。

「新乗物町《しんのりものちょう》に金助店《きんすけだな》って長屋があります」

「金助店だな」

「へえ」

直吉郎はさっと懐に手を入れると、小粒をつまんで民右衛門にわたした。

「取っておけ」

そのまま表に出ると、顔を引き締めて連れている平次と三造を見た。

「意外と早く祥三郎の居所がわかるかもしれねえぜ」

「そうなることを願ってます」

平次が応じた。

すでに日は西にまわり込み、江戸の町は夜の訪れを待っていた。そのせいか、道を歩く人々の足が心なし速くなっている。

金助店は書物問屋・鶴屋《つるや》金助の脇を入ったところにあった。

路地を歩きながら腰高障子に書かれている住人の名を見ていくと、五軒目に「三味線　秀太郎」という字を見つけた。

「ごめんよ。いるかい？」

直吉郎は家の中に声をかけた。

「どなた？」

すぐに返事があった。

直吉郎は遠慮なく戸を引き開けた。居間の火鉢の前に座って長煙管をくゆらせている男が、訝《いぶか》しそうな顔をした。秀太郎だ。

「あら、町方の旦那じゃございませんか。いったいどうなすったんです？」

ちょっと鼻にかかった声で、秀太郎は直吉郎と二人の小者を眺める。

「不二家の主から聞いてきたんだが、秀太郎だな」

「さようですが……」

秀太郎は煙管の雁首を、火鉢の縁にやさしく打ちつけて灰を落とした。なよなよしているし、着物は女物で裾に枯葉模様が染め抜かれている。

「おめえさん祥三郎という男を知っているな。昔は蝙蝠の安蔵一家にいた男だ。その昔は上野の志道館で師範代をやっていた。こいつだ」

直吉郎は祥三郎の似面絵《にづらえ》を見せた。直吉郎は不二家の民右衛門にも、同じものを見せている。途端に秀太郎の目が大きくなった。

「この人、何かやらかしたんですか？」

「二年前に江戸払いになってるが、殺しの疑いがある」

「えっ、人殺し……」

秀太郎は両手で頬を包み、目をしばたたいた。

「そうだ。それもおれと同じ町方の同心を殺した疑いだ」

「そんな恐ろしいことを、あの人が……」

「最後にやつに会ったのはいつだ？」

直吉郎は目をそらさず秀太郎を見る。

「いつって、もう二年かそれ以上は会っていませんけど……」

直吉郎は一度深呼吸をして、短い間を置いた。上がり口の縁に腰をおろし、質問を変える必要があると判断する。

「それじゃ何でもいいんだが、祥三郎とどんな話をしたか覚えているか？」

「お話でしたら色々しました」

「覚えていることは……」

秀太郎は視線を泳がせて考えた。直吉郎は辛抱強く待つ。こういったとき相手を急《せ》かせると、思いだせることも思いだせなくなる。

「慌てなくていい。気になることや、心に残るようなことを話しているはずだ。そうでなくても何でもいいんだが……」

「あたしに小間物屋《こまもの》をまかせたいといったことがあります」

「小間物屋……」

「はい、あの人はいつも二人で遊びに来たんです。そのいつもいっしょにいる人が、京の紅《べに》や白粉《おしろい》の仕入れ先に詳しいので、商売になるとそんなことをいわれて……」

「いっしょにいたのは男だな」

「はい、芳吉っていう人です。祥三郎さんの情人《いろ》でしたよ。あたしの話が楽しいからって、二人仲良く来てくれて、何だか懐かしいわ。そういえば、芳吉さんはどうしてるのかしら」

秀太郎は目をぱちくりさせて、直吉郎を見る。

「芳吉は死んだ」

「えッ、どうして」

秀太郎はびっくりしてまた両手で頰を包んだ。

「芳吉のことだが、あれは何をやっていた男だ？」

もちろん直吉郎は祥三郎を捕縛したときに、芳吉のことを聞いて知っている。

「うちの店に来てくれているときは、職人だと聞いてました。錺《かざり》職だったかしら……いつも鬢《びん》付けのいい匂いをさせていましてね。元は隅田《すだ》村のお百姓さんの出だと、恥ずかしそうにいってました。だからあたし、いってやったの。あたしだって親は百姓よ。何も恥ずかしいことなんかないわってね」

「芳吉は隅田村の出だといったんだな」

直吉郎が目を光らせたので、秀太郎は少し顔をこわばらせた。

「ええ、木母寺《もくぼじ》の近くで生まれたといってました。あたしたちが花見に行くのが木母寺だから、よく覚えているんです」

直吉郎は拳《こぶし》に力を込めた。祥三郎を捕縛したとき、酒井彦九郎が斬り捨てた芳吉のことを訊ねたが、祥三郎は職を探している飲み仲間で他のことは知らないといった。だから彦九郎も直吉郎もそれで片づけていた。

しかし、実際はちがった。芳吉は鋳職人で、生まれが隅田村だということがわかった。これは大きな進展だった。

直吉郎はそれからも祥三郎について、いくつかのことを訊ねたが、たいした話は聞けなかった。

秀太郎の長屋を出たときには、すでに日が落ちかかっていた。帰宅する出職《でしょく》の職人の姿も散見された。

「平次、三造、芳吉の出自《しゅつじ》がわかったのはよかった」

直吉郎は自分にいい聞かせるようにいって、連絡《つなぎ》の場にしている高砂町の自身番に足を向けた。

七

その店から高砂町の自身番をよく見ることができた。

小太りの老爺《ろうや》と痩せた婆さんが、二人でやっている小さな蕎麦屋《そばや》だった。三人の客がいて、そばをすすりながら酒を飲んでいた。

祥三郎の前にも銚子が置かれている。肴《さかな》は団子状のそばがきだ。

外はすでに暮れている。提灯を持って歩く町の娘や侍たちがいる。

祥三郎はそばがきを手でちぎって、そば汁《つゆ》に少しだけつけて口に運んだ。酒にはほとんど手をつけていない。

もう半刻ほど、そこに居座っているが、店の老夫婦は関心のない顔をしている。

祥三郎の目は、格子窓の隙間から見える自身番に注がれている。同心たちの動きを知ったのは今日のことだった。

（やつらはあきらかにおれを追っていやがる）

そう気づいたのは、昔の安蔵一家のものたちを訪ね歩いている松田久蔵という同心を知ったからだった。

まさに、それは偶然の出来事だった。

その日の昼間、祥三郎は浅草の一膳飯屋で遅い昼餉《ひるげ》を取った。飯を食いながら何気なく櫺子格子《れんじごうし》の向こうに目を向けると、通りを歩いてくる男に目が留まった。

（あれは波吉《なみきち》……）

安蔵一家の掛け合い人だった。賭場を提供したり、貸してくれる相手と談判をしてうまく取りまとめる男だった。

久しぶりなので声をかけようと思い、急いで店を出たが、そこで祥三郎の足が止まった。波吉が一目で町方の同心だとわかる男に呼び止められたからだった。

祥三郎がしばらく様子を見ていると、波吉は近くの茶店に誘われて入った。同心には小者が二人ついていたが、祥三郎は波吉のことが気になった。路地を伝って波吉と同心のいる茶店に近づくと、薄い板壁越しに耳をそばだてた。

すると自分の名が出てきたので驚いたのだった。そして、自分に酒井彦九郎と小者の万蔵、寅吉殺しの嫌疑がかかっていることも知った。

（ずいぶん早く目をつけられちまったな）

いずれそうなるかもしれないと思っていたので、驚きはしなかったが、それでもちょっと早すぎる、と唇を嚙んだ。手掛かりは残していないし、顔も見られていない。それなのにアシがついているのだ。

そうなると、町方の動きが気になった。目的を果たすまでは捕まってはならないし、捕まるつもりもない。それには敵である相手をよく知ることだった。

その後、同心は波吉と別れたが、また昔の仲間に会いにいった。今度会ったのは大八《だいはち》という三下《さんした》だった。安蔵一家にいた頃は、みんなに顎で使われていた男だが、いまは別の一家に移っているらしく、子分まで連れていて少し貫禄をつけていた。

祥三郎は大八と同心のやり取りもうまく盗み聞くことができた。そのときに、同心が松田久蔵というのを知った。

それからずっと、祥三郎は久蔵を尾行していたのだった。

表はすっかり夜の帳《とばり》が降りて暗くなっている。しかし、祥三郎が見張っている自身番の腰高障子は明るい。ときどき人の動く影が見えたが、出てくる様子はない。

自身番には松田久蔵の他に、中村直吉郎という同心もいた。それから小者が数人。

祥三郎は遠目ではあったが中村直吉郎を見たとき、自分にツキがあると思った。

いずれ中村直吉郎も成敗《せいばい》しようと頭の隅で考えていたからだ。

だが、その前に芳吉を殺した酒井彦九郎と、その一家をどん底に突き落とさなければならなかった。

酒井彦九郎をうまく仕留めることはできたが、それだけでは祥三郎の恨みは晴れなかった。だから、彦九郎の家族全員を抹殺しようと決めたのだ。

芳吉を殺された恨みは、そこまで徹底しなければ晴れそうになかった。

いつしか手許の皿が空《から》になっていた。そばがきを平らげたのだ。

自身番の腰高障子が開いたのは、それからすぐだった。先に松田久蔵が出てきて、すぐあとから着流し姿の男が出てきた。これは小者のなりではなかった。体も大きい。

(隠密《おんみつ》か……)

隠密廻り同心は、いろんな扮装《ふんそう》をするという。

(そうかもしれねえ)

祥三郎は顔を覚えようとしたが、距離があるのと暗さが手伝ってはっきりと見ることができなかった。

その男と松田久蔵は、右と左に分かれて立ち去った。それから間を置かずに中村直吉郎が出てきた。ついている小者はひとりだ。

祥三郎はギラッと目を光らせた。

(あの同心を斬ろう)

そう決めたのだった。

「亭主、勘定だ」

第三章　正体

一

江戸橋をわたった中村直吉郎は、そのまま海賊橋に足を向ける。寄り道をする様子はない。尾行する祥三郎はどこで仕掛けようかと、迷いつづけていた。

一度だけ「ここだ！」と思ったところがあった。人形町《にんぎょうちょう》通りを突っ切り、堺町横町《さかいちょうよこちょう》の通りに入ったときだった。まっすぐ親父橋に向かう道だが、人通りが絶えていたのだ。

昼商いの商家はすでに店を閉めているし、飲み屋の明かりも少ない。祥三郎は足を速めて一気に斬り捨てようと思った。

だが、軒行灯のついている店から、ひょっこり人があらわれるのではないかと危《き》惧《ぐ》して躊躇《ためら》った。

結局、八丁堀にわたしてある海賊橋までやって来た。だが、祥三郎はあきらめなかった。中村直吉郎についている小者は、小太りで動きが鈍そうだ。

(物の数ではない)

と、祥三郎は思った。

中村直吉郎がいかほどの腕があるか知らないが、いまの祥三郎は負ける気がしないし、人を倒す自信があった。

中村直吉郎と小太りの小者は、橋をわたるとそのまままっすぐ歩いていった。右は坂本町、左は丹後田辺《たんごたなべ》藩牧野《まきの》家上屋敷の長塀である。

坂本町には居酒屋や料理屋の明かりがあるが、人通りは少ない。

(つぎの角を曲がったらやってしまおう)

尾行をつづける祥三郎は、唇を引き結び、刀の鯉口《こいぐち》を切った。

そのとき、一軒の居酒屋の戸が開き、男が出てきた。直吉郎を見ると、

「おお、これは中村、いま帰りか」

と、声をかけた。

直吉郎と小者は立ち止まった。

「なんだもう引っかけているのか、いい気なもんだ」

「よかったら付き合うか」

誘われた直吉郎は、少し迷ってから、

「では呼ばれてみようか」

と、折れた。

祥三郎は小さく舌打ちをして暗がりに身を寄せたが、直吉郎と小者は、声をかけてきた男と近くの店に消えていった。

祥三郎は仕方なく引き返すことにした。

月が叢雲《むらくも》に呑み込まれたり、吐きだされたりを繰り返していた。

中村直吉郎への闇討ちに失敗した祥三郎は、夜の町を右へ左へと縫うように歩いた。なるべく人と会わないように気をつけているし、編笠《あみがさ》を被ってもいる。

閑散としている両国西広小路を抜けると、浅草橋をわたった。そのまま歩きつづけ御蔵前を過ぎ、しばらく行ったところを左に折れた。

浅草黒船町《くろふねちょう》にある小さな小料理屋の二階に厄介になっていた。店の名は「橘《たちばな》」といい、三十年増のひなという女が、ひとりで切り盛りしていた。

裏の階段を使って二階にあがり込んだ祥三郎は、ふうっと大きく息を吐き、腰をおろしてあぐらを掻いた。

階下の店から客の話が聞こえてくる。酒に酔って声が大きくなっているのだ。下劣で卑猥《ひわい》な会話だった。

祥三郎はそばにある瓢簞徳利《ひょうたんどっくり》を引き寄せると、水代わりに喉に流し込み、顎にしたたった滴《しずく》を手の甲でぬぐった。それから窓辺により、障子を開けた。

冷たい風が顔にぶつかってきた。すぐ先に榧寺《かやでら》の鬱蒼《うっそう》とした林がある。短く鳴いた鴉《からす》の声が聞こえた。暗がりの中で、榧寺の林が風に揺れている。

榧寺というのは通り名で、正式には正覚寺《しょうかくじ》という。かつて、樹齢一千年を超える榧の巨木があったらしく、土地のものは誰もが榧寺と呼んでいる。いまも鬱蒼とした榧の木が生えている。

階下から楽しげな笑い声が聞こえてきた。馬鹿笑いだ。

いい気なもんだと思う祥三郎は、障子窓を勢いよく閉めた。その音が聞こえたらしく、階下の笑い声がやんだ。

客は祥三郎のことを知らない。ひなはときどき、男を囲っているんじゃないかと客に冷やかされている。

「ああ、四、五人囲ってるよ。みんないい男でさ……」

ひなはそういって、客をはぐらかしていた。

祥三郎は壁にもたれ、足を投げだしてしばらく眠ってしまった。目が覚めたのは梯子《はしご》の軋む音が聞こえたからだった。さっと体を硬くして身構えたが、それがひなの足音だとわかり、ふっと嘆息する。

店から二階の部屋への階段はなく、固定された梯子をかけてあった。

「何だい、明かりもつけないで真っ暗じゃないのさ」

ひなの背後には小さな常夜灯の明かりがあった。

「居眠りしちまったようだ」

祥三郎は投げだしていた足を引き寄せて答えた。ひなは行灯《あんどん》に火をつけると、上がり口の常夜灯を消して、祥三郎のそばにやってきた。

「今日はどこに行っていたの？」

ひなはそういいながら、祥三郎の太股をさすり、顔を寄せてくる。美人ではないが、色っぽい女だ。実際床遊びが好きで、ひと晩に何度も求めてくる。そのことには辟易《へきえき》する祥三郎だが、いまは辛抱だった。

「まあ、あちこちだ」

「まさか、女を漁《あさ》りに行ったんじゃないでしょうね。だったら許さないよ」

「痛ッ」

ひなが祥三郎の太股をつねったのだ。

「あら、そんなに痛かった。堪忍よ」

今度は媚びを売って、頬ずりをしてくる。

「今日は疲れた。早めに休もう」

「なんだい、もうちょっと待っておくれよ。女はすぐ床には入れないんだよ」

ひなはそういって着物を脱ぎ、襦袢《じゅばん》一枚になると、化粧を落としにかかった。祥三郎はその後ろ姿を静かに眺めた。

ひなは妙な女だった。ちゃんとした商売（仕事）につけるはずなのに、すれたことが肌に合うらしく、堅気の仕事をいやがった。祥三郎が初めてひなに会ったのは、安蔵一家にいる頃だ。以来、かれこれ四年の付き合いになる。

ひなには男がいた。ひどい乱暴をする男で、始終喧嘩が絶えなかった。見るに見かねて祥三郎が中に入り、二人を別れさせたのだ。

すると、ひなは祥三郎に入れ込みはじめた。迷惑だったが勝手に思わせておくことにした。すると、ひなは冷たく突き放されることが癪《しゃく》に障るのか、どんどん祥三郎にいい寄ってきては、媚びを売り、悪態をついた。

善悪関係なしに、危なっかしくて強い男に弱い女なのだ。江戸払いになってひなとは会わなくなったが、ふらりと戻ってくると飛びあがらんばかりに喜び、あっさり店の二階に匿ってくれた。

「ねえ、床を延べておくれよ」

ひなが背中を向けたまままいった。

「ああ、わかったよ」

祥三郎はのろのろと体を動かした。

「芳吉の生家を調べるのはひとつの手だ。ひょっとすると祥三郎が出入りしたかもしれぬ」

松田久蔵は伝次郎と直吉郎を交互に見ていう。

二

連絡の場にしている高砂町の自身番だった。腰高障子に明るい朝日があたっている。戸が開けられているので、肌寒さを感じる風が吹き込んでいた。

「木母寺のそばでしたね」

伝次郎だった。

「そうだ。あの辺は百姓家《ひやくしようや》しかない。調べればすぐにわかるはずだ」

「では、わたしが行ってきましょう」

伝次郎が申し出た。

「そうしてくれるか。おれたちは引きつづき、安蔵一家の残党をあたる。そう数は多くないはずだし、なにか手掛かりがあってもおかしくないはずだ」

「それで、助三郎が加勢をしてくれるらしいな」

直吉郎が伝次郎を見る。助三郎に会ったことは昨日話していた。

「あれは酒井さんに十手を預けられた男です。じっとしておれないのはわかります」

「だったら今日はおれの助をさせよう」

「それはご随意に」

伝次郎が応じると、久蔵が早速動こうといって腰をあげた。

「歩いて行くんで……」

表に出てから音松が顔を向けてきた。

「いや、おれの舟で行こう。そのほうが楽に動けるだろう」

「あっしは舟を仕立てたほうがいいと思ったんですが……」

「近所で仕立てるのも、おれの舟を使うのもさして違いはない」

伝次郎はさっさと歩く。

山城橋に行くと、身軽に舟に乗り込み、尻端折りをして襷をかけた。それから舫をほどき、ついと岸を押す。舟はそのまま岸辺を離れた。

伝次郎は器用に棹を使って舟を半回転させ、竪川《たてかわ》に乗り入れた。

さっきまで晴れていた空に、鼠《ねずみ》色の雲が張りだしていた。それも低い位置だ。雨が近いのかもしれないが、すぐに泣き出す空でないのは長年の勘でわかる。

「旦那、ますます腕をあげたんじゃないですか」

棹を操る伝次郎を、音松が見ていう。

「どうかわからねえが、毎日舟に乗ってるんだからな」

応じた伝次郎は棹を舟の中に戻し、櫓に持ち替えた。大川に出たからである。これからはずっと上りだ。幸い川の流れが遅くなっている満潮だった。

上る舟は川岸のそばをと決まっているから、大川の左岸沿いに猪牙を進めた。昨日は再度、志道館に行って祥三郎についての聞き込みを行った。

師範代の大倉正吾ではなく、祥三郎が道場に入る前からいる、河瀬《かわせ》周蔵《しゅうぞう》という門弟から話を聞くことができた。

だが、結局は祥三郎の行方については何もわからなかった。わかったのは、なぜ祥三郎が志道館をやめたかということである。

――妙な噂が立ちましてね。

河瀬はそういって微苦笑した。

どんな噂かと問えば、河瀬は安森祥三郎の性癖だといった。男色のことかといえば、そうだと河瀬はうなずいた。

——まあ、そっちのことを知られたくなかったんでしょう。弟子連中がひそひそと噂するようになり、安森を見る目も変わりましてね。そうなると安森も敏感に悟ってしまいます。それでだんだん居づらくなったんでしょう。

伝次郎はひょっとすると、道場で揉め事を起こしたか、粗相をしたのではないかと思っていたが、道場を去ったのはまったく違う理由のようだった。

それに、安森祥三郎が道場を去ったあとのことを、詳しく知っているものはいなかった。

結局、祥三郎のその後を知るには、解散した蝙蝠の安蔵一家の残党を地道にあたっていくしかないようだ。

猪牙は吾妻橋《あづまばし》をくぐり、右手に水戸《みと》家蔵屋敷を見ながらゆっくり川を遡上《そじょう》する。櫓を漕ぐ伝次郎は汗をかいていた。ときどき、手の甲で額の汗を振り払う。

川端に繁茂するすすきが、ときどき雲の隙間から抜けてくる光を受けて銀色に光っていた。川中にある寄洲《よりす》のあたりは浅瀬になっていて、鴫《しぎ》の群れが見られた。また湾曲した川岸近くは流れがゆるやかになっていて、そこにはオシドリが泳いでいた。

伝次郎が櫓を漕ぐたびに、軋む音がし、舳《みよし》が波を掻き分ける。空はどんより曇っているが、なぜかまぶしい。富士山は見えないが、遠くに筑波山《つくばさん》が霞んでいた。

木母寺そばの岸辺に舟を舫って、伝次郎と音松は付近の百姓家を訪ねていった。芳吉の生家がわかったのは、陸《おか》にあがって一刻ほど隅田村をうろついた頃だった。

木母寺の北に多聞寺《たもんじ》という寺があり、そのすぐそばだった。だが、その家は空き家となっていて、誰も住んでいなかった。伝次郎と音松は村名主の家を訪ね、芳吉の一家がどこに移ったかを訊ねた。

すると、大川の対岸にある橋場《はしば》町の親戚の家に移ったというのがわかった。

「どうも女房の体が悪くなったらしいんです。それで家をたたんで、越したんです。橋場村の作兵衛《さくべえ》という百姓の家です。女房の生家なんですよ」

名主は洟をすすって教えてくれた。

伝次郎と音松は舟に戻ると、隅田川をわたり、対岸に舟をつけた。真崎稲荷《まさきいなり》に近い場所だった。橋場町の作兵衛の家はすぐにわかった。

家を訪ねて暗い土間から出てきたのが、芳吉の父親・用吉《ようきち》だった。目に目やにをつけ、月代《さかやき》に枯れ草のような毛を生やした老爺だった。

「あれがどうかいたしましたか？」

用吉は卑屈な態度でおそるおそる伝次郎を見る。

「じつは倅《せがれ》の芳吉のことではなく、この男のことを知りたいのだ」

伝次郎は懐から祥三郎の人相書を取りだして見せた。似面絵つきである。

用吉は人相書に目を落とすなり、はっと目をみはった。

「知ってるのだな」

「はい、いいえ。よくは知らないのですが……」

用吉は怯えたように曖昧《あいまい》なことを口にした。

「どういうことだ？」

「ひと月ほど前、うちに来まして、そして金を置いていったんです。この人です。何でも芳吉に世話になったのでその礼だということでした。それで倅のことを聞きますと、どこにいるかわからないといわれまして……」

祥三郎は芳吉が死んだことを伏せたのだ。また、伝次郎もそのことはいわないことにした。芳吉は無縁仏として埋葬されている。だから墓標も何もない。こんな年寄りを無用に悲しませることはない。

「するとこの男がどこに行ったか、どこから来たか、それはわからぬか？」

「さあ、そんなことは話しま……」

用吉は途中で言葉を呑み込んで、何か思いだした顔になった。

「なんだ？」

「へえ、この辺は静かで景色がいいので、しばらくこのあたりに住もうかと、そんなことをいわれました」

伝次郎は目をみはった。

「それで、その後この男を見かけていないか？」

「うちの嬶《かかあ》が木母寺にいるのを見た、とこっちに来る前にいったことがあります」

「この辺というのは木母寺のあたりのことなのだな」

「へえ。わしらは越してまだひと月ぐらいで……」

用吉はその必要もないのに、ぺこぺこと頭を下げる。

「手間を取らせたな」

伝次郎は急いで舟に引き返した。

「音松、祥三郎は木母寺の近くにひそんでいるかもしれねえ」

三

祥三郎は吾妻橋の途中で立ち止まり、鉛色の空をあおいだ。雲の割れ間に日の光があるので、雨は降らないだろうと思う。

視線を落として大川を眺めた。猪牙や荷舟が上り下りをしている。ずっと上流のほうには、川を横切る舟が見えた。今戸《いまど》から出た渡し舟だ。

祥三郎は再び橋をわたりはじめた。着流しに野袴《のばかま》、そして打《ぶ》っ裂《さ》き羽織、手甲《てっこう》脚絆《きゃはん》に草鞋《わらじ》履きである。旅装束であるが振り分け荷物は持っていない。

顔を隠すために編笠を被っている。昨日までは昔の仲間に顔を見られるのを嫌って編笠を使っていたのだが、今日は自分を探している同心の目を逃れるためだった。

（少しほとぼりを冷まそう）

昨夜そう考えたのだった。芳吉の恨みを晴らすために性急になることはない。焦るあまりしくじるということもある。

相手はその辺の侍ではない。江戸市民に畏怖《いふ》されている町奉行所の同心と、その家族である。迂闊《うかつ》なことはできなかった。

今朝ひなの家を出るときに、祥三郎は四、五日江戸を離れるといった。ひなは突然のことに大いに慌てた。

――祥さん、まさかこのまま帰ってこないんじゃないだろうね。

――心配するな。すぐに戻ってくる。

――帰ってこなきゃいやよ。

ひなはまるで子供のように、祥三郎の腕にすがった。

そのときのことを思いだして、祥三郎は苦笑を浮かべた。

(女などどうでもよかったおれが……)

胸中でつぶやく祥三郎は、ひなによって女に目覚めた思いがしていた。それも悪くないと思うが、もうすぐ五十に届こうとする自分の年齢を考えて首を振った。

墨堤《ぼくてい》まで来た祥三郎は足を止めて、田園風景を眺めた。刈り取られた稲の束があちこちの田に仮干しされている。荒涼とした風景だ。ところどころに青い森や林が見えるが、それはおおむね寺院であった。

江戸払いになって在《ざい》の自然に触れていた祥三郎は、余生はそんな静かなところで暮らしたいと考えるようになっていた。そして、その地を向島《むこうじま》にしようと決めた。

（おれの終《つい》の棲家《すみか》だ）

それを探そうと思って、今日は足を運んできたのだった。

百姓家の離れでもよかったし、空いているあばら家でもよかった。自分の好きなように手を加えて住みよくすればよいだけのことである。

その日、祥三郎は延命寺《えんめいじ》のある小梅村《こうめ》を手はじめに、野路《のじ》を辿《たど》っていった。畦道《あぜみち》のそばには水路となっている小川が、さらさらと瀬音を立てて流れていた。冬の訪れを告げる名もない野花も咲いていた。

寺の境内《けいだい》の木々は赤や黄色に色づき、常緑《じょうりょく》の青葉に映えていた。

空いている百姓家を見つけることはできなかった。だが、慌てることはなかった。また明日来ようと、墨堤に戻り竹屋《たけや》之渡し場に向かった。夜露をしのぐ宿は、対岸の浅草今戸町にしようと決めていた。

毎晩のようにひなが求めてくるので、食傷《しょくしょう》しているのだった。たまには誰にも気兼ねせずにのんびりしたかったし、考えなければならないこともあった。

すでに日は西にまわり込み、あたりは薄暗くなっている。それでもまだ夕七つ（午後四時）になったばかりだ。空が曇っているせいで暮れるのが早いのだ。

はたと足を止めたのは、渡船場に下りようとしたときだった。舟着場のそばに舫われていた猪牙に乗り込んだ男がいた。

（昨夜の男……）

高砂町の自身番に出入りしていた男だった。そしてもうひとり小者のような男がいる。これも小者のなりではないが、昨夜高砂町の自身番前で見た男だった。

（こんなところで何をしてやがるんだ）

祥三郎はすすきの藪《やぶ》に身を隠して様子を窺った。

大きな男は大小を抜いて連れに預け、手際よく舫をほどき、慣れた手付きで棹を使って舟を出した。猪牙舟はそのまま流れに乗り、ゆっくり離れていった。

（あいつ、何者？）

祥三郎はしばらく舟を見送っていたが、正体を暴きたいという強い好奇心に駆られた。気づいたときには、下る猪牙舟を追うために、墨堤を足早に歩いていた。

四

「番屋に戻りますか？」

音松が舟を操る伝次郎に顔を向けて訊ねた。

伝次郎は大橋のほうを見、それから橋の上の空を眺めた。

大橋を行き交う黒い人影の上に憂鬱《ゆううつ》そうな雲が広がっている。天気は崩れなかったが、これから雨が降るかもしれない。

朝の打ち合わせで、なにか手掛かりが見つかれば互いに知らせることになっている。そうでなければ、もう一度明日の朝、今日の結果を報告しあうだけだ。

「今日はいいだろう。帰ろう」

「そうしますか……」

音松は素直におれた。

伝次郎は猪牙を川の流れにまかせていた。ときどき棹を使って方向を修正するぐらいだ。

(祥三郎は向島にひそんでいるのかもしれない)

伝次郎は胸のうちでつぶやく。確証はないが、何となくそう思う。

柳橋をくぐって大川に出てきた屋根舟が、舟提灯《ふなぢょうちん》をつけていた。もうそんな暗さだった。舟着場を見ると、提灯に火を入れる船頭の動きもあった。

「旦那、あっしは用をすませて帰りますんで、一ツ目で降ろしてもらえませんか」

音松が請《こ》うのに、伝次郎はわかったと応じた。音松は深川佐賀町で油屋を営んでいる。おそらく商売の用事があるのだろう。竪川に入り一《ひと》ツ目之橋《めのはし》をくぐったところで、伝次郎は音松を降ろした。

「旦那、明日もまっすぐ番屋に行きますんで……」

「ああ。ご苦労だった」

「へえ、では」

陸にあがった音松は、ぺこりと頭を下げて、歩き去った。伝次郎はその後ろ姿を見送ってから棹をつかみなおした。人の視線を感じたのはそのときだった。

それとなくまわりを見たが、気になる人影はなかった。道具箱を担いで歩く職人と、急ぎ足で歩く商家の小僧と、二人連れの町の女がすぐそばの河岸道を通り過ぎた。

暗くなった道にある料理屋の軒行灯に火が入れられており、その明かりが竪川の水面に映り込んでいた。

（誰だ……）

伝次郎は気になった。だが、不審な影はない。それでも背筋がざわめくような心地悪さがあった。

（気のせいだろう）

伝次郎は舟を出した。暗いせいで川の色がぬめったように光っている。それでもとろっと油を流したような穏やかさだ。

竹河岸を過ぎると、舳先《へさき》をゆっくり右に向ける。

六間堀の入り口にあたる松井橋《まついばし》を急ぎ足でわたる人の黒い影がある。伝次郎は棹を器用にさばいて、猪牙を六間堀に乗り入れる。

そのまま松井橋をくぐる。橋の下は暗さが増し、一瞬闇になる。その先に山城橋が見える。棹を水から抜く。

棹についた水がつーっと、つたわって棹先から、ぴちゃんと落ちる。

山城橋をくぐったすぐ先が、いつも舟を舫う場所だ。だが、山城橋をくぐり抜けた瞬間だった。頭上に動く影があった。

はっとなって上を見あげると、羽を広げた蝙蝠のような黒い影が降ってくる。その手に鈍く光るものがあった。

伝次郎はとっさに棹を使って防いだ。ガスッと鈍い音がして、棹先が斬り飛ばされていた。さらに襲いかかってきたものが、着地するように乗り込んできたので、猪牙が大きく揺れた。伝次郎は思わず小腰になって、舟縁をつかんだ。

黒い影は這うような恰好《かっこう》で身構えている。

「何やつ？」

伝次郎は問うたが、相手は答えない。手拭いで頬被りをしている。左右に激しく揺れた舟が落ち着いてくると、曲者が間合いを詰めてきた。

狭い舟の中である。間合いはすぐに詰められる。それに逃げ道がない。伝次郎のいる艫《とも》は、六間堀のちょうど真ん中あたりだった。逃げるなら水に飛び込むしかない。

曲者は体をめいっぱい低め、右腕一本で刀を持ち、左手を舟縁に置いている。伝次郎は後ろに下がって、櫓床の上に立った。中腰である。手には棹がある。

猪牙舟の上で斬り合うなど、これまで考えたことがなかった。舟の幅は四尺六寸しかないのだ。それも最も広いところでである。長さにしてもたかだか三十尺程度。それに猪牙は舟底を絞ってあるので、不安定で揺れやすい。それでも相手は構わずに襲ってきた。

（こういう戦いに慣れているのか……）

伝次郎は相手から目を離さずに思う。

相手が舟底を蹴って、刀を横薙《よこな》ぎに振ってきた。その瞬間、伝次郎は櫓床を蹴って宙に舞った。仕込棹を抜き払い、相手に撃ち込んだ。刃渡り七寸の切っ先は背中、あるいは肩口をとらえるはずだった。

しかし、舟の揺れが曲者を救った。伝次郎は曲者を飛び越して、舳先側に着地した。その衝撃でまたもや舟が揺れた。落ちないように舟縁をしっかりつかむ。

曲者が中腰のまま素早く振り返った。その双眸《そうぼう》が闇の中でぎらついた。伝次郎は片手で仕込棹を構え直したが、曲者は船梁《ふなばり》を蹴って岸に飛んだ。それでまたもや舟が大きく揺れたので、伝次郎は舟縁にしがみついているしかなかった。

とんとんと身軽に雁木を駆けあがった曲者は、一度伝次郎を見てから、さっと身をひるがえして姿を消した。

伝次郎は舟にしがみついたまま、しばらく動けないでいた。

（あやつ、何者……）

胸中でつぶやく伝次郎の鼓動が速くなっていた。それに、いまになって掌にじっとりと汗がにじんできた。

舟の揺れが収まると、伝次郎は櫓を使って舟を岸に寄せた。

それから、手にしている仕込棹を見た。大小は船底に置いてはいたが、もし、これがなかったらどうなったかわからないと思った。

冷たい雨がぽつんと、頰をたたきにきたのは、舟を繫ぎ終わったときだった。伝次郎は足早に自宅長屋に急いだが、さっきの曲者のことが頭から離れなかった。

自分を知っているものの仕業だとしか思えない。そうだとすれば誰だろうと考えるが、思いあたる節《ふし》はない。辻斬りの類いにしてはやり方が強引であった。

（まさか、祥三郎……）

そう思ったが、やはり違うだろうと、伝次郎はかぶりを振った。

五

翌朝、いつものように高砂町の自身番において、昨日の探索結果を報告しあった。

久蔵と直吉郎の調べに進展はなく、伝次郎と音松の探索に引っかかりがあるのみだった。

「芳吉の実家を祥三郎が訪ねているのは、見過ごせねえことだ」

直吉郎が火鉢の炭をいじりながらいった。

「やつは江戸払いの身だが、向島なら咎め立てをするものはいないだろうし、顔見知りも少ないはずだ。ひょっとすると向島にひそんでいるかもしれぬ。伝次郎、今日もそっちを探ってくれぬか」

久蔵が伝次郎と音松を見ていった。

「わかりました。昨夜もう一度いろいろ考えたんですが、酒井さんが殺された日のことに引っかかりを覚えたんです」

「それは……」

久蔵は茶を飲みながら目を向けてくる。

雨は昨夜のうちにやんでおり、今朝はすっきり晴れていた。障子越しのあわい光が、色白の久蔵の顔をさらに白く見せていた。日に焼けてもすぐ褪《さ》める体質なのだ。

「酒井さんはあの日、女の家に行っていました。ゆりという女です」

「そうだったな」

「酒井さんには申しわけないんですが、酒井さんには勿体《もったい》ないほどいい女です。それに寡婦《やもめ》暮らしです。ひょっとして他に男がいる、あるいはいたとしても不思議ではありません。もし、そうだったなら、相手の男はどう思うでしょう？」

「なるほど、いわんとすることはわかる」

直吉郎だった。

切れ長の目を細め、とがり気味の顎をさすりながら伝次郎を見てくる。

「男がいたら、酒井さんは邪魔者だ。だが、相手は町方なので下手に口出しはできねえ。ゆりにも手を切るよう勧めたかもしれない。そして、ゆりは手を切ろうとしたが、酒井さんが首を縦に振らなかった」

「それでゆりの男がやむを得ず、彦九郎を殺したと……。しかし、そうなると祥三郎のことはどうなる？」

久蔵は湯呑みを膝許に置いた。

「たしかにそうなのですが、ゆりのことは詳しく調べていません。話は聞くだけ聞いてありますが、ただそれだけのことです」

伝次郎が答えた。

「ふむ、いわれてみればそうだが、そうなると、その男は万蔵を斬らなくてもよかったはずだ。邪魔なのは彦九郎のみだったはずだからな。それに万蔵はゆりのことを知らなかった」

「それに、その男は寛一郎まで襲わなくてもよかったはずだ」

直吉郎が言葉を添えた。

「もし、別の下手人がいたとしたらどうなります？」

伝次郎は久蔵と直吉郎を見て、言葉をついだ。

「祥三郎に的を絞ることに異を唱えるつもりはありませんが、もうひとり別の下手人がいるという考えは捨てきれません」

「うむ、念には念をというのは大事なことだ」

久蔵が納得したようにうなずいた。

「向島に行く前に、もう一度ゆりに会ってみたいと思いますが、誰か見張りをつけて様子を見てはどうでしょう」

伝次郎は久蔵と直吉郎を交互に見た。

「よかろう」

そう応じた久蔵は、町の岡っ引き・丈太郎を見て、ゆりの見張りをいいつけた。

打ち合わせが終わると、昨日に引きつづきそれぞれの調べに向かった。

伝次郎は音松と丈太郎を連れて、ゆりの家に向かう。

「お咲《さき》とはうまくいってるか？」

伝次郎は歩きながら丈太郎を振り返った。丈太郎は別れていたお咲と縒《よ》りを戻したばかりだった。それには伝次郎のひと働きがあったからで、丈太郎はいまや忠実な手先となっている。

「前より夫婦仲がよくなったと、町のものに冷やかされます」

丈太郎は照れながら頭を掻く。

「なによりだ」

伝次郎はそう応じてから言葉を足した。

「これからゆりを訪ねるが、おまえはゆりの顔をたしかめるだけでいい。おれの用が終わったら、ゆりを見張ってくれ」

「承知です」

「決して悟られるようなことはするな」

「まかしてください」

自信ありげに応じる丈太郎の顔が、浜町堀の照り返しを受けていた。

栄橋をわたって村松町に入ると、伝次郎は丈太郎と音松を近くで待たせて、ゆりの家を訪ねた。

「あら、しばらくぶりでございますね」

戸口で伝次郎を迎えたゆりは笑顔で挨拶をし、奥の間に通そうとしたが、

「先を急いでいますので、ここで結構です」

といって、ゆりの顔が丈太郎に見えるように少し横に動いた。

ゆりは相変わらず魅力的な女だった。こうやって面と向かいあうだけで、なぜ酒

井彦九郎といい仲だったのかと不思議でならない。

「ひょっとして酒井の旦那を殺した下手人が……」

ゆりは少し期待顔になっていった。

「そうではありません。下手人はまだ探している最中です。今日は直截に訊ねますが、ゆり殿には惚れた男とか、心を許しあっている男はいませんか?」

「また唐突なことを……」

ゆりは伝次郎をまっすぐ見つめた。品のある涼しげな顔が少し赤くなっていた。

「なぜ、そんなことをお訊ねになるのです」

気分を害したのか、ゆりの声に咎めのひびきがあった。

「酒井さんはあなたと深い仲だった。そして、この家を出て間もなく殺されている。穿《うが》った考えで、まったくの思い違いかもしれませんが、いまになってそのことが気になってきたのです。ひょっとすると、酒井さんの恋敵《こいがたき》がいたのではないかと……」

ゆりは時間が止まったように、しばらく無言で伝次郎を眺めていた。だが、すぐに口に手をあてて小さく笑った。

「酒井の旦那以外に、わたしにいい仲になっている男がいたのではないかと、そうお思いなんですね」

伝次郎は表情の変化から心の動きを読み取ろうと、ゆりを凝視する。

「まったくの邪推ですわ。わたしは浮気などしておりません。酒井の旦那に会ってからは、旦那一途《いちず》だったのですから。もちろん、奥様に対する心の咎めはありましたけれど……他に男は決していませんでしたし、いまもそんな人はいません」

ゆりはきっぱりといい切る。

「さようですか。朝早くからいやな思いをさせました」

伝次郎は頭を下げた。

「いいえ、気になさらないでください。少なからず、わたしも御番所仕事は知っていますから……。でも、早く捕まえてほしいですわ」

ゆりはひたむきな目を向けてくる。

「何かありましたら、また伺います。では……」

伝次郎はそのままゆりと別れた。

いまさらながら酒井彦九郎は果報者《かほうもの》だったと思った。殺されたのは不幸であったたが、ゆりのような女に惚れられたのだ。

しかし、それがほんとうのことかどうか、またゆりの言葉を鵜呑《うの》みにしていいものかどうか、心を鬼にしてでもいまは疑いを払うべきではなかった。

「丈太郎、あとは頼んだ。よいな」

伝次郎は音松といっしょに待っていた丈太郎を見ていった。

「いい女ですね」

「しっかり見張ってくれ。もし、あやしい男がいたら、何者か調べるんだ」

「はい」

六

「ええっ、そんなことがあったんですか」

薬研堀《やげんぼり》に置いていた伝次郎の舟に乗ってすぐ、音松は驚きの声を漏らした。

「何でさっきそれをいわなかったんです」

音松が咎め口調で見てくる。

伝次郎が昨夜、何者かに襲われたことを話したからだった。

「いえば、調べがややこしくなりそうだ。今度の一件とは関係ないかもしれないだろう」

「関係していたらどうするんです」

「うるさくいうな」

伝次郎は棹を使って舟を出した。

昨夜、使っていた仕込棹が切断されたので、新たに作り替えていた。昨夜のことを久蔵と直吉郎に話さなかったのは、探索に混乱を来《きた》すのを嫌ってのことだった。

「旦那の身になにかあったら、悲しむのは千草さんだけじゃないんですからね」

舟が大川に出てから、音松がもう一度苦言を呈した。めずらしく怒った顔をしていた。だが、顔が丸くふくよかなので迫力がない。それでも、伝次郎は自分を思ってくれる音松のことをありがたく思う。

「音松、もし昨夜おれを襲ったやつが祥三郎だったら、またちょっかいを出してくるだろう。そうすりゃ、この一件は早く落着だ」

「まったく旦那って人は……」

音松はあきれたように首を振る。

「今日はやつの足取りをつかみたいもんだ」

伝次郎は向島のほうに目を向けてつぶやく。

昨日はどうにもすぐれない天気だったが、今日は雲ひとつない真っ青な秋空が広がっている。川端に生えているすすきの穂が銀色に光っていれば、大川もきらきらと水晶のように輝いている。

うっすらと頂上付近に雪を被った富士も見えれば、筑波山も霞んで見えた。風も水の流れも穏やかである。流れに逆らいながら猪牙は遡上する。

伝次郎が櫓を使うたびに、ギィと軋む音がする。すると舟は生きた獣のようにぐいっと進み、舳が水を切る心地よい音を立てた。

伝次郎は三囲《みめぐり》神社に近い墨堤のそばに舟を舫って陸にあがった。

伝次郎と音松は土手の上に立って、周囲の景色を一望した。穏やかな田園風景が広がっている。収穫間近な田には黄金色に輝く稲穂が実っている。しかし、ほとんどの田の稲は刈り取りが終わっていて、日干しが行われていた。

「手分けしますか？」

音松が見てきた。

「いや、いっしょに廻る」

伝次郎はすぐさま応じ返して歩きだした。もし、祥三郎に出くわしたら、音松の身が危ない。二人でいれば、相手も手を出しにくい。

二人は三囲神社のある小梅村から順番に、須崎《すざき》村・寺島《てらじま》村・隅田村と廻っていった。野良仕事中の百姓や、百姓の家を訪ねては、祥三郎の人相書を見せ、

「この男を見たことはないか？」

と、訊ねていった。

地味で骨の折れる仕事だ。聞き込みはまったく無駄になることもめずらしくない。それでもやめるわけにはいかない。

寺島村にある白鬚《しらひげ》神社の門前で、二人は中食《ちゅうじき》を取った。千草が気を利かして二人分の弁当を作ってくれていたので、それを食す。

塩むすびに沢庵と玉子焼きという、ごく質素な弁当だ。

「なかなかいい具合にいきませんね」

「まあ、こっちの思いどおりにいけば世話ないさ」

伝次郎は水筒に口をつけた。

「ひょっとすると、もっと遠いところにひそんでいるのかもしれませんね。なにしろ江戸払いの身ですからね」

たしかに音松のいうとおりだった。しかし、そうなると見当がつかない。

「何か手掛かりがあればいいんだが……」

喉から手が出るほどほしいのが、いまは祥三郎を探す手掛かりだった。

午後からも朝と同じように地味な聞き込みの繰り返しである。

しかし、足を棒にしての聞き込みでやっと成果があった。それは善左衛門《ぜんざえもん》村の伴《とも》蔵《ぞう》という百姓を訪ねたときだった。

「この男に似た侍を見たことがあります」

じっと人相書を見たあとで、伴蔵がそういったのだ。

「それはどこで、いつのことだ？」

「十日ぐらい前だったと思います。百《ひゃっ》花《か》園《えん》のそばにあるどこぞの寮の前を行ったり来たりしてたんです。あっしは馬を引いて通りがかったんですが、ひょっとすると泥棒かもしれないと思って、物陰で様子を見ていたんです。ですが、気づかれちまって、あっちへ行けとおっかない顔をして追い払われちまいましてね。そのときの侍によく似てます」

伴蔵はもう一度人相書に視線を落としていった。

「そこまで案内《あない》してくれないか」

伝次郎はそういって、急いで小粒を伴蔵ににぎらせた。

金をもらったせいか、伴蔵は快く応じてくれた。

祥三郎に似た男がうろついていたのは、百花園からほどないところにある小さな寮の前だった。付近で話を聞くと、浅草黒船町にある池田《いけだ》屋という墨筆《ぼくひつ》問屋の持ち物だというのがわかった。

「なぜ、やつはこの寮を探っていたんだ」

伝次郎は垣根越しにその寮を見て腕を組んだ。

雨戸も戸口も閉まっている。寮は百坪ほどの敷地に、三十坪ぐらいの家だ。藁葺《わらぶ》きである。庭は凝っているが、しばらく手入れがされていないようだ。雑草が繁茂していた。

「ひょっとすると、池田屋は祥三郎の知りあいだとか……」

伝次郎はそういう音松の顔を見た。

「よし、池田屋に行ってみよう」

向島をあとにしたのはすぐだ。すでに日は西にまわり込んでいた。この時期は暮れるのが早い。伝次郎は急いで川を下り、浅草黒船町河岸に舟を舫った。

池田屋は御蔵前通り（日光道中《にっこうどうちゅう》）に面している表店《おもてだな》だった。間口六間《けん》ほどのなかなかの構えだ。番頭に取り次いでもらい主の半次郎《はんじろう》に会うことができた。

「へえ、百花園のそばに寮は持っておりますが、ここしばらく足が遠のいておりましてね。それに、売ろうかと考えているんです」

半次郎は還暦過ぎの男で、額に太い蚯蚓《みみず》のようなしわを寄せて話した。

「それじゃ、この男のことを知らないか」

伝次郎は祥三郎の人相書を見せた。途端に半次郎の目が見開かれた。

「この男がどうかしたんですか？」

「知ってるんだな」

「へえ、知ってるも何もずいぶん嫌がらせを受けて、困ったことがあるんです」

伝次郎にとって過去のことはどうでもいい。だから、すぐに問いを重ねた。

「十日ほど前、こいつが主の寮を窺っていたらしいのだ」

「え、この男がですか！　とんでもないことです。ですが、江戸払いになってるんじゃなかったんですか、もしかして江戸払いが赦《ゆる》されたとか……」

半次郎は顔をこわばらせ、目をしばたたいた。その顔を見れば、祥三郎に会っていないというのがわかる。

「やつが出入りしそうなところを知らないか？　もしくはやつを世話してくれそうな人間がいれば教えてもらいたい」

伝次郎の問いに、半次郎は真剣な顔で沈思《ちんし》したが、結局は首を横に振るだけだった。

池田屋を出ると、もう空は暮れ色に変わっていた。夕焼けの雲も翳りつつあり、通りを行き交う人の足が速くなっていた。

「今日は引きあげるか」

「あっしはこのまま高砂町の番屋に行ってきます。他の旦那たちの調べが気になりますんで……」

音松は感心なことをいう。

「では、千草の店で飲んでいる。何かあれば知らせてくれ。何もなければ、そのまま家に帰ればいい」

「わかりました」

音松が歩き去ると、伝次郎は舟を舫っている河岸に足を向けた。しかし、その足はすぐに止まった。昨日と同じ背中がざわつくような、いやな気配を感じたのだ。

伝次郎はさっとまわりを見た。

七

ひなの家を出てすぐのことだった。池田屋から昨日の男と、連れの男が出てきたのだ。

(これはまたやつとは縁のあることよ)

内心でほくそ笑みながら、物陰で様子を窺ったが、小太りの男はすぐに歩き去り、大きな男は河岸のほうに歩いていった。祥三郎は少し尾けた。ところがふいに男が立ち止まって振り返ったので、慌てて茶店の葦簀の陰に隠れたのだった。

(何だ、あの野郎。おれの気配に気づいたのか)

そんなはずはないと思いながら、祥三郎は男の顔を凝視した。鷹《たか》のように鋭い目をしている。着流し姿だが、逞《たくま》しい筋骨《きんこつ》の持ち主だとわかる。

太い眉にどっしりした鼻。いかにも強情そうな顔だが、油断ならぬ男だ。それに、剣の練達者だというのが昨夜わかった。

(いったいどういう男なのだ……)

内心で疑問をつぶやく祥三郎は、町方の同心もずいぶん手強《てごわ》い手練《てだ》れを手先に使っているものだと感心した。

立ち止まっていた男は、しばらくすると河岸のほうに歩き去った。祥三郎は十分な距離を取ってあとを尾けた。男は河岸につけていた舟の舫をほどいて、棹をつかんだ。

(仕込棹か……)

祥三郎はじっと様子を窺いつづけた。今夜は手を出すつもりはない。岸を離れていく舟が見えなくなるまで、じっとそこに立っていた。

すっかり男の舟が見えなくなると、祥三郎はきびすを返した。もう宵闇が濃くなっているが編笠を被っていた。

行き先は決まっている。高砂町の自身番である。自分を追う同心らが、連絡の場に使っているのはもう承知していた。今日はその探索方の、主な内訳を知ろうと思っていた。

（敵を知る）

それが大事なことだった。

陽気がよかったせいか、今日は日が暮れても冷え込みが弱い。町屋の飲み屋の戸も開け放されているところが多かった。

そして、高砂町の自身番の戸も開いていた。土間から上がった部屋に二人の同心が座って茶を飲んでいた。表の床几《しょうぎ》に小者が座っていて、土間に立っている男もいるし、上がり框に腰掛けている者もいた。

近づいてどんな話をしているのか、どこまで自分のことを嗅《か》ぎつけているのか知りたいが、遠くから自身番を眺めているしかない。

もし、中村直吉郎が油断をしてひとりで帰るならば、尾けて斬るつもりだ。だが、そうはならなかった。茶を飲みながら話をしていた直吉郎と松田久蔵は、いっしょに自身番をあとにした。それぞれの小者を従えてである。

祥三郎は追跡を断念した。新たに自身番から男が出てきた。さっきの大男といっしょにいた小太りと、もっと若い男だ。若いほうは身なりから町の岡っ引きだとわかった。

（どちらかを締めあげるか……）

祥三郎の中でそんな思いが芽生《めば》えた。

だが、それは一瞬の気の迷いだった。町方の手先にちょっかいを出すのは、いまはまずい。祥三郎は胸の内で自分を戒める。

（だったらどうするか……）

探索方の内訳を知りたい。そう思いながら明るい自身番に目を注ぐ。自身番には親方と呼ばれる書役の他に店番と番人が詰めている。

（やつらでいいか）

祥三郎は細く長い息を夜気《やき》に流した。

暗い路地に佇《たたず》んでいたが、しばらくして場所を移した。一軒の商家の下に天水《てんすい》桶《おけ》があり、その横に薪束《まきたば》が積んであった。その薪束に腰かけて、待つことにした。あたりはすっかり暗くなっていた。先の居酒屋の明かりが通りにこぼれており、その前を通る人の姿を一瞬浮かびあがらせていた。

小半刻《こはんとき》（三十分）ほどしたとき、自身番からひとりの男が出てきた。店番か番人だ。使いに行くのか家に帰るのかわからないが、ゆっくり腰をあげた祥三郎は尾けることにした。

自身番を出た男は、一度浜町堀沿いの道に出て、南へ歩いていった。祥三郎は足音を殺して距離を詰める。前を歩く男は気づく様子もない。足取りに迷いがないので行き先は決まっているようだ。

祥三郎は小川橋《おがわばし》の手前で男に追いついて声をかけた。相手が立ち止まって、とぼけたような顔を向けてきた。その腹に、祥三郎は素早く脇差を押し当てた。

「下手に声を出せば、ずぶりといく」

その脅しで、男はふるえあがった。暗がりにもかかわらず、相手の顔が白くなったのがわかった。祥三郎は脇の暗がりの奥に男を連れ込んだ。男は定助《さだすけ》という店番だった。

「番屋に町方が詰めてるな。同心は中村直吉郎と松田久蔵だ。それに町の岡っ引きがいる。そうだな」

「は、はい」

定助は泣きそうな震え声を漏らす。

「もうひとり舟を持っている男がいるが、ありゃ何者だ?」

「さ、沢村さんです」

「沢村……? ただの手先じゃないだろ」

「昔は御番所の同心だった人です」

祥三郎は小さく舌打ちして、そういうことだったかと思った。その沢村についている男も、昔の小者だということがわかった。

「それで連中は、何を調べてやがるんだ?」

自分のことだとわかってはいるが、祥三郎は聞いてみる。

「江戸払いになった祥三郎という昔やくざだった男の行方です」

定助は殺さないでくれと泣きそうな声でいって、すらすらと話していった。

おかげで祥三郎は、自分がどこまで調べられているか、また同心らがどんな調べを進めているかを知った。

すべてを聞いたあとで、祥三郎は定助をどうしようか迷った。口封じのために殺してもよかったが、顔は見られていない。そのまま当て身を食らわせて、気絶させた。

祥三郎は何事もなかったという素振りで表の道に出ると、そのままひなの家に引き返した。歩きながら、この先どうやってくれようかと、あれこれ考えた。

立てた計画をあきらめるつもりはない。やり遂げなければ、芳吉が浮かばれない。芳吉の無念を晴らさないで、この先生きているつもりはなかった。

「ひな。こっちに来な」

世話になっているひなの家に戻り、店をのぞくと客がいなかった。裏口から店の中に声をかけると、「なにさ」と蓮《はす》っ葉《ぱ》な返事をしてひながやって来た。

「店を閉めろ」

「なによ藪から棒に」

「おれの相手をしな。酒を持って上に来るんだ」

祥三郎はそういって、するっとひなの尻を撫でた。

途端、ひなの顔に喜色《きしょく》が浮かんだ。

「わかったわ」

第四章　迷い道

一

「いったいどうしたのさ」

酌をしながらひなが聞いてくる。

「いろいろあってな……」

祥三郎は酒に口をつけて、何から話そうかと考えた。話すことはありそうで、たいしてない。だが、大事なことを聞かなければならなかった。

「おまえ、助五郎《すけごろう》とはどうなってる……」

そう聞くと、ひなは途端に鼻の頭に小じわを寄せ、苦々《にがにが》しい顔になった。

「あんな男、なんでもないわ」

助五郎は昔、安蔵一家にいた男だった。ひなに惚れている節があり、当時から何かと話しかけていたし、店にも何度か来ていると聞いていた。

それに、祥三郎は助五郎に二月《ふたつき》ほど前に、ばったり明神下で会っていた。長い話はしなかったが、いまは上野の乙蔵《おとぞう》一家に身を置いているといっていた。

――塒ぐらい世話してやるから、困ったときはいつでも来なよ。

助五郎はそんなこともいってくれた。祥三郎は、そうなったときは頼む、と本気で返事をしていた。

だが、それはまずいことだった。町方は安蔵一家にいた者たちを片端からあたっているようなのだ。いずれ助五郎にも辿り着くだろう。いや、すでに助五郎に会って話を聞いているかもしれない。

「何度か店に来たといっていたな」

「来たわよ。いやな男だよ。なんであんな男にわたしが好かれちまうのかわかりゃしない。わたしゃ、あんたのことなんかなんとも思ってないから、女探すんだったら他で探しな、ときっぱりいってやったんだよ」

「おれがここに来てからはどうだ？」

「来てないわ」

それを聞いて祥三郎は安心した。町方が助五郎に会ったとしても、この店に自分がいることはすぐには知られない。

「あの男のことで何かあったの……」

ひなが訝しそうな顔で見てくる。膝を崩し、片手を祥三郎の膝に添えていた。

「何もないさ。だが、もしやつが来てもおれのことは何もいうな」

「来ても口も利かないわよ」

ふんと、鼻を鳴らしてひなは酒をあおった。それからはたと思いだしたように、目を大きくして祥三郎を見て言葉をついだ。

「祥さん、江戸払いになってからいったいどこで何をしてたのさ。わたしゃ誰にもいいやしないから教えてくれたっていいでしょう。それともわたしに話せないようなことでもやってたのかい……」

ひなはじっと見てくる。

ぱっちりした目が行灯の光を受けてきらきら輝いている。少し厚めの唇は官能的で、それが男心をくすぐるらしい。

祥三郎は何も感じないが、助五郎が昔そんなことをいっていた。それに小柄ながら、締まるところは締まり、つくべきところにはしっかり肉がついている。

祥三郎はこの二年間のことを思いだした。ひなに話しても問題になるようなことではない。これまで話さなかったのは、ただ面倒くさいからだった。

「ねえ、せっかく二人でこうやって飲んでんだよ。話しておくれよ。わたしゃ知りたいんだもの。ねえ」

ひなは膝をすって体を寄せてくる。

自然に襟《えり》が抜け、裾がめくれて白い脛《はぎ》と、太股の一部が剝《む》きだしになった。なんともしどけない恰好である。普通の男なら、そこでひなを押し倒すだろうが、祥三郎はまだその気にならない。

「ねえ、なに黙ってるのさ」

ひなは肩を揺すって婀娜《あだ》っぽい仕草をする。

「神奈川宿《かながわじゅく》にいたんだ」

「神奈川……」

「ああ、その宿場の近くに小さな田舎道場がある。そこで武者修行だ」

「あんたが……」

ひなは目をぱちくりさせる。無理もない。かつて、上野の志道館で師範代を務めたということはこれまで誰にも話していない。

「剣術を習ったのさ。だからいつもこんななりをしてるんだ」

祥三郎は着流しの襟を広げて見せた。

「すると、祥さんはますます強くなったんだねえ。だからわたしゃ祥さんに弱いんだねえ」

ひなは惚れ惚れとした目を向けてくる。

「二年も剣術の稽古をやってりゃいやがおうでも強くなる」

実際、道場では誰にも負けないようになっていた。道場を去ると、街道筋に出て旅の侍に因縁《いんねん》を吹っかけ、何度か真剣を交えた。実戦を経験しないと、真の強さは備わらない。強い相手もいたが、名ばかりの侍が多いことにあきれた。

中には財布ごと放り投げて逃げるものさえいた。しかし、そのことで金に不自由しなくなった。稼ぎは他にもあった。街道筋の旅籠《はたご》に話をつけての用心棒である。

宿場には流れ者が出入りし、質《たち》の悪い博徒もやってくる。揉め事は決して少なくない。宿場での用心棒稼業は悪くなかった。稼ぎはそのまま懐に残るし、食事はただし寝る場所もちゃんと提供してもらえた。

「向こうに女作ったりしなかったんでしょうね」

ひなの興味はそっちにある。

「そんなことはさらさらなかった」

ほんとうのことである。

芳吉の仇《かたき》を討つために剣術道場に通い、腕を磨いていたのである。

「それじゃわたしのことずっと忘れていなかったんだね。だからここに来てくれたんだね」

「ああ、そうだ」

嘘も方便だが、ひなはその言葉をあっさり信じ、心底安心した顔になって祥三郎の顔に頭を寄せる。それだけでなく顎をあげて、自ら口を吸いにきた。

祥三郎は応じてやった。すると、ひなは首に両腕をまわして、すっかりその気である。

こうなるとあきらめるしかない。祥三郎はひなに主導権を奪われる恰好で、隣の寝間に移った。ひなは抜いた襟を自ら落とし、横になった祥三郎に覆い被さってくる。

肉置きがよいので、抱き心地のいい女だ。だが、祥三郎はひなに責められながら芳吉のことを考えた。

素直でいい男だった。ひとつのことをいえば三つも四つも先のことを考えて、用を足したり、細やかな気遣いをしてくれた。男同士だからこそできる、女にはできない神経の配り方だった。

祥三郎はそんな芳吉に、親兄弟以上のつながりを感じていた。それは他人にはわからない強い感情だったし、芳吉の狂おしげな表情がたまらなかった。

「祥さん、ねえ祥さん」

腹の上でひなが悶《もだ》えていた。髪を振り乱し、眉間にしわを寄せ、唇をふるわせ、体を動かしていた。重みのある白い乳房が祥三郎の視界の中で揺れていた。

祥三郎はそんなひなを眺めながら、

(この女の世話になるのも、もういくらもないな)

と胸の内でつぶやいた。

二

その朝、伝次郎が高砂町の自身番に入るなり、先に来ていた直吉郎と久蔵が緊張した顔を向けてきた。

「伝次郎、定助が不審な男に脅されたそうだ」

久蔵だった。伝次郎はちんまりと座っている、店番の定助を見た。

「何を脅されたんだ？」

「おれたちの調べをその男は訊ねたそうだ」

直吉郎が定助の代わりに口を開いてつづけた。

「そいつはおれたちがどんな調べをしているか、どんな人間がその調べに関わっているか、根掘り葉掘り聞いたという。伝次郎、おまえさんのこともやつは気になって聞いたらしい。定助は殺されてはかなわないので、聞かれたことにそのまま答えている」

「脇差を腹に突きつけられていまして、いつずぶっと刺されるかわからなかったんです。怖くて怖くて……申しわけありません」

定助は泣きそうな顔で、両手をついて頭を畳につけた。

「殺されなくてよかった。仕方ないだろう」

伝次郎がいうと、定助ははっとした顔をあげて、またぺこぺこ頭を下げた。

「そいつが祥三郎かどうかはわからねえ。定助は相手の顔を見ていないんだ」

直吉郎がいって、小さく首を振った。

「どんな着物を着ていたか、それもわからないのか？」

伝次郎は定助を見た。

「いきなり脇差を突きつけられ、暗がりの路地に引き込まれてしまったんで、わたしの話を聞き終わると、その男はわたしに当て身を食らわせまして……」

「いまにも死にそうな真っ青な顔で帰ってきたんで、わたしどもも驚いた次第なんです」

書役が定助を見て、伝次郎にそういった。

「祥三郎だったのかもしれませんね」

伝次郎は直吉郎と久蔵を見た。

「何ともいえぬが、そう考えてもいいだろう。だが、調べはこのまま進める。伝次郎、向島のほうはどうなんだ？」

「やつが向島に足を運んでいるのはたしかですが、そこにひそんでいるかどうかはわかりません。見たというものはいますが、最近のことではありません」

「居所はわからずじまいってことか……」

久蔵が唇を噛む。

「それでなにかわかったことは？」

伝次郎は上がり框に腰をおろした。

「祥三郎が江戸にいるのがはっきりした」

いったのは直吉郎だった。

茶を受け取った伝次郎は、さっと直吉郎を見た。

「二月ほど前に、祥三郎は昔の仲間に会っている。安蔵一家にいた丈助《じょうすけ》という男から聞いた話だ。だが、丈助が祥三郎に会ったんじゃない」

直吉郎が答えた。

「誰が会ったんです？」

「助五郎という男だ。いまは上野の乙蔵一家にいる。今日助五郎に会って、じかに話を聞くつもりだ」

「伝次郎、向島の調べはもういいだろう。それより、安蔵一家の残党を調べてくれないか。助五郎が会っているなら、他のやつも祥三郎に会っているかもしれぬ」

久蔵が伝次郎を見ていった。

「わかりました。ですが、どこに行けばその残党に会えるか……」

「何をいうか。おぬしは江戸の博徒一家はあらかた知っておるだろう。まあ、堅気になったやつもいるだろうが、まずはそっちからあたっていけばいい」

「そうでした……」

伝次郎は恥じ入る顔で茶に口をつけて、

「それでわたしはどの辺を受け持てばいいでしょう」

と、聞いた。

「浅草広小路から北をあたってくれるか。おれはその手前を、直吉郎には明神下と上野をやってもらう」

「わかりました」

その日の探索はすぐに開始された。

伝次郎はいつものように音松を連れて浅草に向かった。柳橋に舟を置いているが、そのままにしておいた。

「旦那、あっしらは祥三郎探しに躍起になってますが、ほんとうに酒井の旦那殺しの下手人は祥三郎なんでしょうかねぇ」

歩きながら音松が疑問を口にする。

伝次郎もその疑問を抱きつづけている。しかし、寛一郎の調べとこれまでの調べの経緯を考え合わせると、どうしても祥三郎に的が絞られる。

「確かにそうだというものはないが、では他に誰かいるかというと、それもまた疑問だ」

「そうですね」

「とにかくもっとも嫌疑の濃い男は祥三郎以外にいない。いまのところは、ということではあるが……」

久蔵に指図された伝次郎の探索範囲は、おおむね浅草広小路から山谷堀のあたりまでである。もっとも必要があると考えれば、伝次郎は山谷堀の北方面にも足をのばすつもりだった。

その範囲内には、三つの博徒一家があった。さらに、小さな縄張りしか持たないごろつき同然のやくざ一家もある。

「祥三郎……安蔵一家にいたっていっても、誰もかれも知ってたわけじゃあねえからねえ」

広小路でばったり会った徳蔵《とくぞう》一家の男だった。

「賭場で中盆をやってたりもしていた男なんだがな……」

「そういわれても顔が浮かばねえんです」

「それじゃ、安蔵一家にいたやつを知らないか？　誰でもいい」

伝次郎は食い下がるが、

「縄張りが同じ浅草じゃないですか。寝返ってうちに来たやつはいませんよ」

つまり、同じ浅草を縄張りにしていた一家なので、敵対こそすれ仲はよくなかったというわけだ。親分同士の交流はあっても、水面下で縄張りをめぐっての諍《いさか》いが起こるのは避けられない。子分らはそれがたとえ兄弟分の一家だとしても、親密な関係にはならない。

浅草に根を張る一家を訪ね終わったのは、正午前だったが、これといった話は聞けなかったし、安蔵一家にいた人間にも会えずじまいだった。

「どうします？」

音松が少し疲れた顔を向けてくる。

伝次郎と音松は、待乳山《まつちやま》下の茶店で休んでいるところだった。

「うむ。ひとりぐらいには会えると思ったんだがな……」

「安蔵一家にいた連中が、みんな浅草から消えたってことはないと思うんですがね」

「ふむ」

伝次郎は町屋の屋根越しに広がる空を見た。真っ白い筋雲が浮かんでいた。

「腹ごしらえをしてから、もう一度廻ってみよう」

伝次郎は腰をあげた。

しかし、午後からの探索でもこれといった成果はなかった。いたずらに時間だけが過ぎ、はたと気づけば夕焼けの空が広がっていた。

「埒《らち》のあかない調べには慣れっこでしたが、やっぱりこう引っかかりが何もないと、もどかしいですね」

音松がぼやきながら歩く。

伝次郎は聞き流しながら、一昨夜襲ってきた曲者のことを考えていた。いったい誰かまったくわからない。ただ、店番の定助が昨夜、何者かに脅されたことを考え合わせると、祥三郎かもしれない。

しかし、伝次郎は、自分が襲われる理由はなんだろうかと疑問に思う。二年前の祥三郎捕縛には関与していないし、祥三郎とはこれまで面識がない。彦九郎殺しが、寛一郎の推量どおりに祥三郎なら、自分を狙う理由はないはずだ。

(すると、一昨夜の男は誰だったのだ)

まったく不可解なことである。

「旦那、あれは……」

音松が立ち止まって一方を示した。

明神下の岡っ引き・助三郎だった。浅草茅町《かやちょう》一丁目の角で、炭売りと立ち話をしていた。足許に天秤棒と炭を入れた籠が置かれている。

炭売りは下っ引きと思われる。伝次郎が声をかけようとしたら、助三郎が気づいて駆け寄ってきた。

「旦那、祥三郎のことがわかりましたぜ」

助三郎はそばに来るなり、耳打ちするようにいった。

三

「居場所がわかったのか？」

伝次郎は目を光らせて助三郎を見た。

「そうじゃありませんが、やっぱり祥三郎は江戸にいるんです」

「確かにか？」

「助五郎と同じ一家の男から聞いたんです。祥三郎は江戸に戻ってきている、と助五郎がいっていたと。それで助五郎を探しているところなんです。今日は両国に行ってると聞いたんで、ずっと探していたんですが、会えずじまいなんですよ」

「助五郎の家は？」

助三郎は、はっと目をみはった。しくじったという顔だ。

「聞いてます。行ってみますか」

「ああ、そうするしかあるまい。いなければ待つだけだ」

助五郎の家は下谷《したや》長者町《ちょうじゃまち》一丁目にあることがわかっていた。伝次郎と音松は助三郎の案内で、助五郎の家に急いだ。

さっきまで日があったのに、下谷長者町に着いたときには、傾いていた日は見えなくなっており、あたりには夕靄《ゆうもや》が漂っていた。

長屋の路地から炊煙《すいえん》が流れてきて、秋刀魚《さんま》の煙が路地に充満していた。戸口前に七輪《しちりん》を置いて、そこで秋刀魚を焼いているおかみがいるからだった。

助五郎は新右衛門店《しんえもんだな》という長屋に住んでいた。だが、本人は留守だった。長屋のものに聞くと、年は三十六だが、独り身を通しているらしい。帰りは早かったり遅かったりとまちまちで、出かける時間も決まっていないという。

「表で、待とう」

伝次郎は長屋を出て、木戸口を見張れる一膳飯屋に入った。

すでに宵闇が訪れていて、通りにある夜商いの店が軒行灯をつけていた。

「助五郎の顔を知ってるのか？」

伝次郎は茶を飲みながら助三郎に聞いた。

「会ったことはありませんが、見ればわかるはずです。小顔で背が六尺ばかりあるそうなんです」

「そりゃあずいぶん背が高いな」

身の丈六尺ある男はそうそういない。相撲取りにもめずらしいほどだ。それだけの特徴があれば、まず間違うことはないだろう。

その日、助五郎は両国にある矢場《やば》の様子を見に行ったらしい。矢場は売春もやるし、小さな賭け事もやる。その矢場は、助五郎が盃を受けた乙蔵一家の仕切りということだった。

「中村さんや松田さんのほうはどうなんだろう？」

伝次郎は助五郎の長屋の木戸口に目を向けながらいった。

「あっしは昼前まで松田の旦那といっしょにいたんですが、そのあとのことはわかりません」

「それじゃ松田さんと別れるまで、とくにわかったことはないってことか」

「そうです」

「旦那、あいつじゃ……」

音松が表を促した。

北のほうから一升徳利を提《さ》げて歩いてくる男がいた。通りを歩くものたちより、抜きんでて背が高いのでいやがうえでも目につく。

「話を聞こう」

伝次郎はそういって腰をあげた。

店を出たときだった。一方から三人の男が駆けてきて、助五郎を取り囲むように立ち止まった。

「中村さん……」

伝次郎は助五郎を立ち止まらせた男を見てつぶやいた。

伝次郎たちが助五郎のそばに行くと、直吉郎が驚いた顔をした。

「なんだ、おぬしもこいつを探していたのか」

直吉郎は伝次郎にいって、助五郎を見あげた。ひょろりと背の高い助五郎は、突然のことに戸惑った顔をしていた。

「いったい、こりゃなんの真似です」

助五郎は自分を取り囲んでいる、伝次郎たちをひと眺めしていった。

「別におめえさんをどうこうしようってんじゃない。おめえ、安蔵一家にいた祥三郎って男を知ってるな」

直吉郎は助五郎を見あげながらいう。

「まあ知ってますが、あの人がどうかしたんですか？」

「おめえがやつと会ったと聞いたんだ。二月ほど前らしいが、どこで会った？」

直吉郎は助五郎から目を離さない。伝次郎も助五郎の表情の変化に注意していた。通りを行き交う町の者たちが、助五郎を取り囲んでいる伝次郎たちに、奇異の目を向けて過ぎ去っていく。

「どこでって御蔵前の通りでばったり出くわしたんです。祥三郎さんは編笠を被って侍のなりをしてましてね。おれは気づかなかったんですが、向こうから声をかけてきたんでびっくりしたんです」

伝次郎はぴくっと片眉を動かした。

「それで何を話した？」

「何をって、たいした話はしてませんよ」

直吉郎は一度視線を下に落としてからまわりを眺めた。

「ここで立ち話もなんだ。ちょいとそこの店を借りよう。ついてきな」

直吉郎が顎をしゃくると、

「いったいなんなんです。祥三郎さんが何かやったんですか?」

と、助五郎は面倒くさそうな顔をした。

「手間は取らせねえ。話を聞くだけだ」

直吉郎はすぐそばにある小料理屋に入った。

幸い客はいなかったので、全員で店に入る。入ってきた客が町方の同心と岡っ引き連中だとわかったからか、店の主と若い女が少し驚いた顔をして迎え入れてくれた。

「長居はしねえ、これで頼む。酒も何もいらねえ、茶だけ出してくれねえか」

直吉郎は気前よく小粒二枚を女にわたして、土間席に腰を据えた。伝次郎も同じ飯台《はんだい》についた。

助五郎や音松、そして直吉郎の小者・平次と三造は、小上がりの縁に腰かけていた。

「やつの居所を知らねえか？」

直吉郎はずばりと聞いた。それさえわかれば、助五郎に用はない。

「居所はわかりませんよ。会ったのはあれきりですからねえ。で、祥三郎さん、何をしでかしたんです。教えてくれたっていいでしょう。こんな大勢でおれをとっちめるようなことしてんですから……」

「殺しの疑いがかかってるんだ。祥三郎がやったという証拠はねえが、会って話を聞かなきゃならねえ。ただ、それだけのことだ」

「あの人が殺しを……。いつのことです？」

「おい、おれの聞くことに答えるだけでいい、てめえから問いかけるんじゃねえ。早く用をすまして帰りたけりゃそうすることだ」

直吉郎は釘を刺してから言葉をついだ。

「やつの行きそうなところを知らないか？　昔、やつが好んで行っていた店とか場所があるはずだ」

「そんなこといわれたって、すぐにゃ答えられませんよ」

「考えて思いだすんだ」

直吉郎は強引である。伝次郎と久蔵はこういった調べはしない。助五郎は首を捻って、視線を彷徨《さまよ》わせた。

「あの人は付き合いのいいほうじゃありませんでしたからね。行きつけの店なんてなかったはずです。そうそう芳吉……やつァ殺されちまったんでしたね」

「芳吉がどうした？」

直吉郎は助五郎を凝視して聞く。

「どうって、あの人は女にはあんまり興味がないようで、芳吉を可愛がってましたから……」

「それじゃ芳吉が行っていた店に、祥三郎が通っていたってことか」

「さあ、それはどうだったか……」

助五郎は首を捻って答える。

「やつは江戸払いの身だ。もし、市中で人を頼るとしたら、誰を頼っていくだろうか？　見当はつかないか」

「ふーん、それも難しいことですよ。安蔵一家の連中はみんな散り散りになっちまってるし、あの人だって誰がどこで何やってるかすぐにゃわからないはずですからね」

助五郎は飯台にあった爪楊枝《つまようじ》を、勝手につまんで口にくわえた。だが、すぐに何かを思いだしたように、細い目を大きくして直吉郎を見た。

「女だ」

「女……」

「へえ、祥三郎さんが面倒見た女がいるんです。ひなって女なんですが、浅草黒船町で小料理屋をやってんです。祥三郎さんはひなに関心はないようですが、ひなはそうでもねえんです。ですが、もう二年も経ってるんで、ひなには男がいるかもしれませんが……」

直吉郎は伝次郎と顔を見合わせてから、助五郎に顔を戻した。

「その店の名は？」

「橘です」

「他に祥三郎が行きそうなところは思いだせないか？」

助五郎は首を捻る。

「安蔵一家にいたとき、祥三郎ととくに仲のよかったやつは誰だ？」

「しいていやあ、壺を振ってた竜蔵《りゅうぞう》さんでしょうか……」

「そいつはどこにいる？」

「江戸を離れたと聞いてます。たしか下総《しもうさ》のほうだったか……」

それでは話にならない。直吉郎はさらにいくつかの質問をしたが、とくにこれといったことは聞けなかった。

「浅草黒船町の橘か。まずはここをあたるしかないようだ」

直吉郎は助五郎を帰したあとでつぶやいた。

「これから行ってみましょう。ひなという女がなにか知ってるかもしれません」

伝次郎の言葉に、直吉郎は力強くうなずいた。

四

中村直吉郎と二人の小者を見たのは、昼下がりだった。

祥三郎はしばらく尾けていったが、中村直吉郎を襲う機会はなかったし、その隙もなかった。あきらめるしかないと思ったとき、直吉郎がかつて安蔵一家にいた長十郎《ちようじゆうろう》という男に会った。

遠目だしどんなやり取りをしたのかわからなかったが、気になった。それで、直吉郎と別れた長十郎に会って話を聞こうとしたが、間の悪いことに長十郎はやって来た四、五人の与太者《よたもの》と合流し、通町《とおりちよう》を日本橋のほうへ歩いていった。

追いかけてもよかったが、祥三郎はあきらめた。無駄に自分のことは知られないほうがいいと思ったからだ。

しかし、ひなの家に戻ってきても、ずっと長十郎と中村直吉郎のやり取りが気になっていた。長十郎は助五郎と仲がいい。いまも同じ一家にいるかもしれない。そうであれば、長十郎は助五郎から、おれに会ったという話を聞いているかもしれない。

（そうなると、どうなる……）

祥三郎は自問した。

煙管に火をつけて吸いつけた。口をすぼめて、細い紫煙を吐く。

階下の店からひなと客の笑い声が聞こえてきた。

祥三郎は行灯のそばにあった煙草盆を、膝許に引き寄せて考えた。

助五郎はこの店を知っているし、ひなのことも知っている。そして、おれがひなの面倒を見たことも知っている。

町方はおれが江戸に戻ってきたら、誰を頼るか、どんなところに身を寄せるかといったようなことを調べるはずだ。

（まずいな……）

祥三郎は心中でつぶやいて、雁首の灰を灰吹きに落とした。水が入っているので、ちゅんと火の消える音がした。

祥三郎はいやな胸騒ぎを感じた。そして、いまになって助五郎に声をかけたことを後悔した。だが、それはどうしようもないことだった。

祥三郎は差料をつかむと、ゆっくりと足音を殺しながら、階下に下りた。それから店の裏の戸をそっと開け、小さな声でひなを呼んだ。洗い物をしているらしく瀬戸物の触れあう音がしていた。

「ひな……」

再度呼びかけると、前垂れで手を拭きながらひながそばに来た。

「ちょいと出かけてくるが、もし誰かが訪ねて来てもおれのことは知らねえというんだ」

「出かけるってどこに行くのさ」

月明かりを受けるひなの顔に、不安の色が浮かんだ。

「すぐ近所だ」

「帰ってくるのね」

「ああ」

「訪ねてくるって誰が来るの？」

「昔の仲間だろう」

「そんな約束したの？」

ひなは目を大きくして見つめてくる。疑っている目だった。

「約束はしてねえが、来るかもしれねえんだ」

「なんていう人？」

祥三郎は小さく息を吐いて視線をめぐらせた。それからひなに顔を戻した。

「誰かそれはわからねえ。とにかくおれのことは知らねえというんだ。わかったな」

「……わかったわ」

「頼んだぜ」

祥三郎は路地を抜けようとしたが、すぐに「待って」と、ひなの声が背中にかかった。立ち止まるとひながそばに駆け寄ってきて、手首をつかんだ。

「祥さん、どっか行っちまうんだろう」

ひなは責める目で見てくる。

「どこにも行きゃしねえさ。すぐに戻ってくる。心配するな」

「ほんとだね」

「ああ」

それでもひなは信じていない顔つきだった。短く沈黙してから口を開いた。

「祥さん、ちょっと二階で待っていて。すぐに行くから。話があるの」

「話は今度でいいだろう」

「いや、いましたいの。だから待っていて。どこにも行っちゃいやよ」

祥三郎はため息をついてから、

「ああ、わかったよ」

と、あきらめ口調で答えた。

五

浅草黒船町の橋という店は、榧寺《かやでら》のすぐそばにあった。御蔵前の通りから脇の路地に入ったところだ。店の入り口に小さな軒行灯が、心細そうに点っている。

「住まいを兼ねている店ですね」

伝次郎は明かりのついている二階を見ながらいった。

「おれじゃねえほうがいいな。ここは伝次郎、おぬしにまかせよう」

直吉郎が尖り顎を撫でながらいった。あきらかに町奉行所の同心だとわかる男が、営業中の小さな店に聞き込みをかけるのは迷惑がられるのが常だ。相手の心証を悪くして、聞ける話も聞けないことがある。

「わかりました。音松、おまえもいっしょに行こう」

伝次郎は音松を誘った。

「おれたちはこの辺をぶらついていよう。ついでに店の裏がどうなっているか、それも見ておこう」

直吉郎はそういって橘の裏のほうに歩いていった。

伝次郎と音松は橘の暖簾をくぐって店に入った。二人の客が向かいあって酒を飲んでいた。店は土間席だけだ。飯台が二つあり、空樽《あきだる》に座って飲み食いするようになっている。

「いらっしゃいまし」

板場から銚子を持って出てきた女が声をかけてきた。主のひなだ。隣の席に銚子を置くと、伝次郎に注文を聞きにきた。

「酒と肴を適当に見繕《みつくろ》ってもらおうか」

「何でもいいのね」

「ああ、まかせる」

ひなは小柄だが、色香の濃い女だった。

隣の客は勝手なことを喋《しゃべ》っては、互いに笑いあっていた。近所の職人のようだ。

酒と肴がすぐに届けられた。

「今日はあんまり料理がないの。これで堪忍ね」

ひなは色っぽい科《しな》を作って微笑む。肴は貝の佃煮《つくだに》と芋と牛蒡《ごぼう》の煮物だった。

「女将、ちょいと訊ねたいんだが……」

そういった伝次郎に、ひなはきょとんとした顔を向けた。

「祥三郎という男を知っているな。昔、安蔵一家にいた男だ」

途端、ひなの表情が硬くなった。

「最近会っていないか……」

「会ってなんかないわ。お侍さん、あの人の知りあいなの？」

「ちょっとした知りあいだ。最後に会ったのはいつだ？」

「知らないわ。もうずいぶん昔よ。わたしには関係ない人よ」

嘘の下手な女だ。顔色がすっかり変わっていた。

（この女は知っている）

伝次郎はひなをまっすぐ見るが、視線を外された。

「そうか。残念だな。会いたいと思っていたんだが……」

伝次郎は音松の酌を受けて酒を飲んだ。ひなはそばに立っていたが、何かを躊躇《ためら》ったあとで板場に戻っていった。

伝次郎はその後ろ姿を見た。ひなが落ち着きをなくしているのがわかった。

「音松、もう用はすんだ」

「へッ……」

煮物に箸をのばした音松が、頓狂《とんきょう》な顔をした。さらにひなに勘定を頼むと、こちらも意外な顔をして近づいてきた。

「また来させてもらう。釣りはいい」

伝次郎は一分《ぶ》を飯台に置いて立ちあがった。

「お侍さん、どうして祥さん、いえ、あの人を探してるの？」

ひなが呼び止めるように訊ねてきた。

「会って話をしたいだけだ。ただそれだけだ」

「あの人は江戸払いになってるのよ。江戸にはいないわよ」

「そうだったな」

伝次郎は小さな笑みをひなに向けて、そのまま店を出た。

「旦那、用はすんだって、なにかわかったんですか？」

音松が表に出るなり聞いてくる。

「あの女は祥三郎を知っている。最近会っているはずだ」

「ほんとですか……」

音松が首をかしげたとき、直吉郎がどこからともなくやって来た。

「早かったじゃねえか」

「ひなは祥三郎を知ってますよ」

伝次郎は直吉郎をまっすぐ見ていう。

「居場所はともかく、最近会っているはずです。ひょっとするとひなが匿《かくま》っているかもしれません」

伝次郎は橘の二階に目を向けた。障子窓に弱々しい明かりがある。人の動く影は見えないが、そこに祥三郎がひそんでいるような気がした。

「ひなが自分でそういったんじゃねえんだな」

「祥三郎のことを聞いたら途端に、目が狼狽《うろた》えたんです。勘定をするときも動揺が見て取れました」

「なるほど」

直吉郎は顎を撫でながら橋を見て、見張ろうといった。

「店の裏はどうなってます？」

「両側の通りに抜ける路地から二階に上がる梯子がある」

「それじゃ店の表と、その路地を見張ることにしましょう」

伝次郎と直吉郎は、見張りの段取りを決めた。

六

伝次郎たちが見張場を決め、それぞれの配置についてから小半刻ほどしたとき、橋から二人の客が出てきた。伝次郎が店で見た職人だ。二人とも千鳥足で、喋りあいながら店をあとにした。

艾《もぐさ》屋の一間を借りて見張っていた伝次郎は、その二人を見ると立ちあがった。音松と助三郎を残して、表に出た。

二人の職人は、肩を組みながら歩いている。

「ちょいとそこの、しばらく」

御蔵前の通りに出たところで伝次郎は声をかけた。立ち止まった二人が、しゃっくりをして振り返った。

「橘で飲んでいたんだな」

「へえ、そうですよ」

右の男がふらふら体を揺らして答えた。左の男が伝次郎に気づき、

「さっき店に来て、すぐ帰ったお侍じゃないですか」

という。

「あの店にはよく行くのか？」

「まあ、行くときゃ毎晩です。行かねえときは三日にいっぺんか四日にいっぺんか……」

ひっく、としゃっくりをした。

「女将のひなに男はいないか？」

「お侍、いったいなんでそんなことを聞くんです？」

左の男が提灯を掲げ、酔眼に疑《うたぐ》りの色を浮かべて伝次郎を見る。

「ちょいと調べ事があってな。おれは町方の手先だ。信用できねえなら、近くにい

る同心を紹介する」

二人の職人は酔いが醒めたような顔になった。

「最近、ひなのそばに見慣れない男がいなかっただろうか？」

「そりゃ客ってことですか？」

提灯を持っている左の男だった。

「客で来たかもしれねえが、ひなが親しそうにしている男だ。おそらく浪人の風体《ふうてい》のはずだ。こういう男なのだが……」

伝次郎は懐から似面絵入りの人相書を出して見せた。二人の職人はのぞき込むようにして眺めたが、首をかしげて見たことはないという。

「店の二階はひなの住まいのようだが、そこに男の出入りはないだろうか」

職人は互いの顔を見あわせたが、右の小柄な男が、はっと何か思いだしたような顔をした。

「さっきといっても、半刻（一時間）ばかり前でしたか、女将が裏の勝手口から男に呼びだされて、しばらく戻ってこなかったことがあります。いえ、ほんの短い間ですけどね。二階にあがって何か話し込んでたみたいですが……」

「その男の顔を見たか？」

伝次郎が目を光らせて一歩詰め寄ると、相手は驚いたように一歩下がって、見ていないという。

「明日もあの店に行くのかどうか知らないが、おれがいま聞いたことはひなには黙っていてもらいたい」

「へ、へえ。で、この男なにやらかしたんです？」

提灯を持っている男が、人相書を伝次郎に返しながら聞く。

「殺しの疑いがある。それだけのことだ」

「ヘッ、ひ、人殺しですか……」

「ひなにはこのこと構えてないしょだ。わかったな」

二人の職人はすっかり酔いの醒めた顔で、うなずいた。

「何かわかりましたか？」

見張場に戻ると、真っ先に音松が聞いてきた。

伝次郎は首を横に振って、腰をおろした。表を見張るために開いている格子窓から、冷たい風が吹き込んできた。

ひなは落ち着かなかった。贔屓にしてくれている二人の職人を帰すと、手際よく片付けをして二階にあがった。

そこにはいつもと変わらない自分の部屋があった。祥三郎の姿がないだけだ。

祥三郎はすぐに戻ってくるといった。あれからもう一刻（二時間）以上たっている。

行灯のそばに座ったひなは、梯子《はしご》のかかった上がり口を見た。祥三郎の足音がしないかと期待するが、なんの気配もなかった。

ひなは小さなため息をついて、客を装ってきた男の顔を思いだした。おそらく浪人だ。もうひとり連れがいたが、そっちはその辺の町人にしか見えなかったが、目つきが気味悪かった。

あの浪人は祥三郎を探している。

祥三郎に会って話をしたいだけだといったが、それだけではないはずだ。それに祥三郎は、誰が訪ねてきても自分のことは知らないといえといった。

（祥さん、いったいあの浪人は何者よ）

ひなは立ちあがって、窓辺に寄ると窓を開けて通りを眺めた。

人通りは絶えていた。御蔵前の通りに出る角の店に、小さな明かりがあるだけで、他の店はもうすっかり暗くなっていた。

七

本材木町《ほんざいもくちょう》一丁目に森本屋《もりもと》という塗物問屋《ぬりもの》がある。その隣は高田屋《たかだ》という材木屋だった。その二つの店の間に小さな路地があり、高田屋の材木が壁や屋根にかけられていた。人が隠れるには恰好の場所である。

祥三郎はそこでじっとしていた。海賊橋をわたる男たちに注意の目を向けつづけているが、いっこうに相手はあらわれない。

昼間襲撃しようと思った中村直吉郎を待っているのだった。

もうかれこれ一刻以上はそこにいた。東に浮かんでいた月は西のほうに移動し、そこからは見えなくなっている。

四つ（午後十時）の鐘を聞いて、もう半刻はたっているはずだ。

（今夜はあきらめるか）

祥三郎は小さく嘆息した。

じっとしているから冷たい夜気で、寒くなっていた。つい先日までは、酒井彦九郎の妻子を闇に葬ろうと考えていたが、どうにも手出しできないように警護がつけられていた。そのことが今日わかった。そのことで、祥三郎は考えを変えた。

自分を捕縛し、芳吉が殺されたあの場にいた中村直吉郎という同心を殺して、江戸を去る。それで何もかも終わりでよかった。芳吉も納得するはずだと、自分にいい聞かせた。

だから今夜のうちに、中村直吉郎をひと思いに殺すつもりだった。小者がついているだろうが、それは物の数ではなかった。

しかし、中村直吉郎は帰ってくる気配がない。

（違う橋を使って屋敷に帰ったのかもしれない）

楓川《もみじがわ》に架かっている橋はひとつではない。日本橋川よりにある海賊橋から順番に、新場橋《しんばばし》・越中橋《えっちゅうばし》・松幡橋《まつはたばし》・弾正橋《だんじょうばし》と五つの橋がある。

もちろん、中村直吉郎がそれらの橋を使わずに帰宅したというのも考えられる。

八丁堀には、南八丁堀からも霊巌島《れいがんじま》からもわたることができる。

しかし、中村直吉郎は上野か浅草あたりを見廻っていた。帰るとすれば、海賊橋を使うはずだった。

だが、待てど暮らせど中村直吉郎の帰ってくる様子はない。

祥三郎は痺《しび》れを切らし、

(今夜はやめだ)

と、見切りをつけた。

閑散とした江戸の町を歩きながら、人影を見ると目を光らせたが、目当ての男ではなかった。足は自然にひなの店に向いていたが、今夜は帰るつもりはない。

(あの店は危ない)

と、祥三郎の第六感がはたらいていた。

ひとつだけしくじっていることがあった。ひなの部屋に金を置きっ放しなのだ。

財布には当面必要な金はあるが、ひなの柳行李の底に三十両ほどの金を隠していた。

その金を取りに戻らなければならない。だが、それは今夜ではない。

中村直吉郎は今日の昼間、長十郎と会っている。助五郎から自分のことを聞いているなら、長十郎は中村直吉郎に話しているかもしれない。

そうだったらすでにひなの店は見張られている公算が高い。祥三郎は常にもまして用心深くなっていた。

両国広小路まで来ると、一度足を止めた。ひなの店のある御蔵前方面には行かないほうがいいだろうと思った。閑散とした広小路を抜け、大橋をわたり、そのまま大川沿いに北へ歩きつづけた。

行き先は決めている。向島百花園のそばにある墨筆問屋・池田屋の寮だ。

当面はあの寮で夜露をしのぐつもりだった。人は住んでいないし、しばらく使われていないことはわかっている。

吾妻橋を横目に見て、暗い夜道を歩く。対岸の町屋には料理屋や居酒屋の明かりが、点々とあったが、いまはその明かりを見ることはできなかった。

祥三郎が辿っている道には、そんな店の明かりはなかった。それでも、ぼんやりと闇の中に小さな明かりを見ることができる。木戸番小屋の蠟燭《ろうそく》だった。

そして、自身番も腰高障子越しの明かりを通りにこぼしていた。

だが、それも源森橋《げんもりばし》をわたり、水戸家の蔵屋敷前まで来ると見えなくなる。すでに夜九つ（午前零時）を過ぎていた。

墨堤まで来ると冷たくなった川風が吹きつけてきた。もうあたりに明かりは見えない。対岸の町屋に、目を凝らさないとわからないほどの小さな火明かりがあるぐらいだった。

当然、川を行き交う舟もない。草むらから虫の声が聞こえてくるが、もうそれも一時ほどの多さではなかった。

土手を下りて、百花園のほうに向かって歩く。月明かりだけが頼りである。ほどなくして池田屋の寮に辿り着いた。

祥三郎はふっと、ひと息ついてから木戸門から庭に入った。無人のはずだが足音を忍ばせて、戸口まで行き屋内に耳を澄ませた。人の気配はない。

祥三郎は寮の裏にまわり、勝手口から家の中に入った。蠟燭をつけてから、茶の間に上がり込んで、足をのばした。

歩き疲れたので、張っている脹《ふく》ら脛《はぎ》を両手で揉みながら、酒を買ってくればよかったと思った。

（何でもかんでもあとになってから気づくな）

祥三郎はそんな自分に舌打ちする。

しかし、買い置きの酒があるかもしれないと、台所のあたりと茶箪笥《ちゃだんす》を眺めた。

表に人の声がしたのはそのときだった。

祥三郎は一瞬にして身を固めて、息を止めた。すぐに新たな声が聞こえてきた。

「そっちからじゃなくていい。ここから入りやすむことだ」

「壊すんですか」

「造作《ぞうさ》ないことだ」

戸口の腰高障子がガタガタと音を立てた。

祥三郎は差料を引き寄せると、片膝をついて身構えた。

第五章　襲撃

一

戸口はまだ開かない。

片膝を立て鯉口を切っている祥三郎は、燭台の炎を吹き消した。

「何やってやがる」

「なんか引っかかってるんだ。それとも心張棒《しんばりぼう》をかけてあるのか」

家に入ろうとしている男は二人。

祥三郎はどうしようか迷った。

そっと裏へ逃げるか、それとも相手をたしかめて斬るか……。誰がやって来たのか皆目《かいもく》見当もつかない。まさか町方だとは思わないが、それでも気になる。

池田屋の使いなら、こんな夜分には来ないはずだ。それに池田屋はしばらくこの寮を使っていない。

祥三郎は一旦裏に逃げて、それで二人の男をたしかめようと決めた。そっと腰をあげ、土間に下りて雪駄に足を入れた。そのままゆっくり裏に向かう。

ガラッという音がして表戸が開いたのと、祥三郎が裏の勝手口の戸に手をかけたのは同時だった。戸口から風が流れ込んでき、同時に提灯の明かりが祥三郎の姿を浮きあがらせた。

「やッ」

侵入者の二人が祥三郎を見て驚いた。二人は浪人の身なりだった。

「なんだおめえは?」

提灯を掲げて、ひげ面の男がにらんできた。

「きっと盗人《ぬすっと》だ。野郎、そうだろう」

糸のように目の細い男が、眉間にしわを刻んで近づいてくる。刀の柄に手をやっていた。

祥三郎はどう対処しようか迷った。だが、顔を見られている。

ひげ面が上がり框に提灯を置いた。

祥三郎が応じ返すと、二人は「なんだと」と気色《けしき》ばんだ。

「てめえらこそ何もんだ」

「どこの何もんだ？」

祥三郎は刀の柄に手を添えた。目細との距離は二間になった。土間は狭い。幅一間もないし、二人の間には柱も立っている。

(やる気か……)

目細は殺気を募らせたかと思うと、素早く刀を抜き、小さな動きで袈裟懸けの一刀を撃ち込んできた。

祥三郎は抜き様の一刀でそれをすりあげながら、一気に間合いを詰めると、相手の股間に膝頭をたたき込んだ。

「うッ……」

睾丸《こうがん》が潰れたかもしれない。目細はたまらずうずくまり、貝のように縮こまった。

それを見たひげ面が鋭い突きを送り込んできた。

狭い屋内では突きが効果的だ。ひげ面は戦い方を知ってるようだ。

祥三郎は感心しながら、下がってかわすと、青眼に構え直して間合いを詰めはじめた。

ひげ面は総髪《そうはつ》である。顎から耳許にかけてひげを生やしている。土間に転がっている目細が、股間を押さえながらうなっている。

祥三郎はひげ面との間合いを一間半まで詰めた。ひげ面は下がらずに、祥三郎の出方を待っている。おそらく返し技を狙っているのだろう。

(それなら……)

それに乗ってやろうと、祥三郎は刀をゆっくりあげて大上段に構えた。天井は高いので、刀は十分に動かせる。これが座敷だと、天井の梁《はり》にぶつかる。

「むむっ」

小さくうなったひげ面は、口の端に余裕の笑みを浮かべた。

祥三郎は右足を踏み込みながら唐竹割《からたけわ》りに刀を撃ち込んだ。ひげ面はそのときを狙っていたらしく、祥三郎の読みどおりに一尺ほど下がってかわし、すぐさま前に飛んで勝負をつける突きを送り込んできた。

刹那、祥三郎は半身を捻りながら、右足を低く長く前に送り込んだ。両手でつかんでいる刀はひげ面の脇腹をかっ捌いていた。

鮮血が飛び散り、障子に斑《まだら》模様を作った。ひげ面はあえなく横向きに倒れ、短い断末魔《だんまつま》の声を漏らして事切《こと》れた。

うずくまっていた目細が起きあがって、祥三郎に斬りかかったのはそのときだったが、すでに祥三郎は気づいており、一度上がり框に飛びあがり、相手の背後にまわり込んで肩口に峻烈な一撃を見舞った。

「ぎゃあ！」

目細は思いもよらぬ悲鳴をあげたが、寮は野中の一軒家同然だから近隣に聞こえることはない。

祥三郎は斬り捨てた二人の死体を眺めた。土間に血が広がっている。

(面倒なことになった)

血刀《ちがたな》を拭いて鞘に納めると、死体を埋めようと思った。だが、それは今夜ではない。

だからといって、死体のある家で寝る気はしない。祥三郎は二人の死体を裏庭に運び出し、探して見つけた筵をかけた。

驚きだったのは、殺した二人の男の懐を探ると、思いがけなくも大金があったことだ。二人はそれぞれ二十両ばかり入った巾着《きんちゃく》を持っていた。

どうやって稼いだか知れたものではないが、祥三郎は自分のものにした。

「鴨《かも》が葱《ねぎ》背負《しょ》ってやってきたようなもんだな」

筵で隠した死体を眺めて、夜空をあおいだ。

きらきらと幾千万の星たちがまたたいていた。

体の芯に重苦しい疲れがたまっているのを感じた祥三郎は、ため息を夜風に流し、酒を探して引っかけようと思い、家の中に引き返した。

二

「疑うところなんか何にもありません」

そういうのは岡っ引きの丈太郎だった。伝次郎に探るように命じられた、ゆりのことをいっているのだ。

伝次郎と同じ床几にかけて、十手で肩をたたいていた。富沢町にある茶店だった。今日も天気がよく、浜町堀の水がきらきらと輝いている。

「男の影もないってことか……」

「ありませんね」

丈太郎はあっさりいってつづける。

「昼間は子供相手の手習い指南か、三味線の指南。三味線のほうは呼ばれて出かけることもありますが、それも若い娘の家ばかりです。まあ、小股の切れあがった女ですから、男から声をかけられることは多いですが、これと決まったような相手はいないようです」

「夜はどうしてるんだ？」

伝次郎は丈太郎に顔を向けて聞く。

「おとなしくしてます。出かける様子もありませんし、あやしい男が訪ねてくることもないです」

「そうか……」

伝次郎は遠くの空を見て、これ以上ゆりを探っても無駄だと思った。彦九郎殺しに一枚噛んでいるかもしれないと疑ったが、見当外れだったようだ。

「それじゃゆりを探るのはやめよう。これ以上は無駄な気がする」

「多分無駄になると思います」

「いらぬ手間をかけさせちまったな」

「いえ。そんなことより、他にあっしにできることはありませんか」

丈太郎は真摯《しんし》な目を向けてくる。

「おれと中村さんは、橘を見張っている。そっちは人が足りてるんで、おまえは松田さんの指図をあおげ」

「わかりやした」

返事をした丈太郎は、ひょいと身軽に立ちあがった。

「お咲とはうまくいってるか？」

伝次郎が聞くと、丈太郎は嬉しそうに破顔した。

「ええ、あっしもすっかり改心して真面目にやってますから、あいつも喜んでます」

ではいってきますといって、丈太郎は高砂町のほうへ歩き去った。

伝次郎も茶を飲みほすと、浅草黒船町の見張場に足を向けた。

（やはり、祥三郎が下手人なのか……）

伝次郎は歩きながら首を振った。直吉郎も久蔵も、寛一郎の調べと推量を交えた話で、酒井彦九郎殺しの下手人を祥三郎に絞り込んだ。

そのことに伝次郎は異《い》を唱えてはいないが、別の人間の可能性も忘れてはならないと考えていた。だから、念のために彦九郎の情人だったゆりを探ったのだ。

結果、ゆりへの疑いは消えたといっていい。では、他に下手人とおぼしき人間はいないのか、と考えてみるが、疑わしき人間の存在はない。

「旦那、待っていたんです。すぐに中村の旦那が来てほしいといってます」

見張場にしている艾屋に入るなり、助三郎が眠そうな目をこすりながら伝次郎を見た。

音松はすぐそばで仮眠を取っていた。夜が明けるまで、交替で見張りをしていたので無理もない。

「見張場は変えていないな」

「へえ、昨夜と同じ茶問屋です」

伝次郎はすぐに艾屋を出て、遠州《えんしゅう》屋という茶問屋に向かった。

四つ（午前十時）前なので橋は閉まったままだ。店の前を通ってつぎの角を曲がった先に、直吉郎が見張場にしている遠州屋があった。商売の邪魔をしてはならないので、裏にまわったが、そこで直吉郎と出くわした。

「ちょうどいいところへ来た」

直吉郎の後ろには平次と三造がついていた。

「何かわかりましたか？」

「おおわかりだ。そこの飯屋で話す」

直吉郎はすぐそばにある一膳飯屋に入って、飯とおかずを適当に注文した。朝昼兼用だという。

「平次、三造、おめえらも腹ごしらえしておくんだ。今度はいつ食えるかわからねえからな」

直吉郎はそういってから、伝次郎に顔を向け本題に入った。

「ひなの店に祥三郎が出入りしてるのがわかった。店の二階がひなの住まいだが、祥三郎はここしばらくあの二階にいるということだ」

伝次郎はさっと表を見た。

そこからひなの店は見えなかったが、勝手に首が動いた。

「昨夜はわからなかったが、今朝の聞き調べで、近所の連中がそのことを知っていた。ひなが祥三郎を匿っているのはまちがいないことだ」

「いまもいるってことですか……」

伝次郎は目を光らせる。

「いや、いまはいない。だが、昨日の朝はいたことがわかった。ひなを押さえてもいいが、そうなると祥三郎が警戒してあらわれないかもしれない」

「中村さん、昨日の朝だけではありませんよ。祥三郎は昨夜もいた気配があります。おれたちが橋を見張る前までってことです」

「なんだと」

直吉郎の切れ長の目が鋭くなった。

「昨夜、おれと音松があの店に入ったとき、二人の職人が飲んでいました。その職人から聞いたことです。祥三郎かどうかわかりませんが、ひなは裏口から男に声をかけられ、しばらく二階に行って話し込んでいたといいます」

「そりゃあ祥三郎に違いねえだろう。だが、昨夜は戻っちゃこなかった」

「ひょっとしてこっちの動きを読んで逃げたということは……」

「さあ、それはどうだろう」

「祥三郎が番屋の定助を脅した男なら、すでに警戒した動きをしているはずです」

「おれたちの見張りが、ばれてるというんじゃねえだろうな」

「それはないと思いますが……」

「やっぱひなをとっちめるか」

直吉郎が指で唇をなぞったとき、飯が運ばれてきた。

「今日一日様子を見ましょう。それで駄目だったら、明日の朝ひなを押さえる」

「伝次郎……」

箸をつかんだ直吉郎が、にやりと笑って言葉をついだ。

「昔のおめえが戻ってきたようだ。よし、おめえさんのいうようにしよう」

三

その頃、松田久蔵にも動きがあった。

久蔵は八兵衛と貫太郎を連れて、その朝もかつて蝙蝠の安蔵一家にいたものたちをあたっていた。会ったのは安蔵一家で三下をしていた茂吉《もきち》という若い男だった。いまは足を洗って、横山町《よこやまちょう》二丁目の板木屋《はんぎや》ではたらいていた。

人づてに茂吉に辿り着いたのだが、久蔵が用件を切りだすなり、祥三郎を見たといったのだ。

「それはいつのことだ？」

「四、五日前ですよ。昔から近寄りづらい人でしてね。それにおっかなかったし、まちがえようがありません」

茂吉は無精《ぶしょう》ひげの生えた頰をさすりながらいう。

「どこで見た？」

「御蔵前の通りです。声はかけませんでしたが、気になったんでちょいとあとを尾けて行ったんです。すると何てことはない、ひなって女の店に行くじゃありませんか」

「ひな……」

「へえ、祥三郎さんが昔面倒を見た女です。詳しいことは聞いてませんが、困っているひなを助けたとか何とかってことでした。で、その女、店をやってんです。祥三郎さんはその店の二階に、まるで自分の家みたいに入っていきましたよ」

「店の名は？」

久蔵は目を光らせて聞く。

茂吉は視線を少し泳がせてから、

「たしか、橘と戸障子に書かれていたはずです。浅草黒船町に行けば、すぐに見つけられると思いますよ」

といった。

茂吉と別れた久蔵は、気負い込んだ顔でひなの店に足を急がせた。

「旦那、ひなの店のことを中村の旦那に知らせなきゃなりませんね」

歩きながら八兵衛がいう。

「ああ、そうしたいが、直吉郎がいまどこにいるかわからぬ。まずはひなの店をたしかめる。それから祥三郎がいれば、取り押さえるまでだ」

「沢村の旦那も、昨日から見てませんが、どこにいるんでしょう？」

そばについている貫太郎も口を添えた。

久蔵はついている小者の八兵衛と貫太郎をちらりと見た。

「おまえたち、こういうときは人を頼りにしないことだ。せっかく祥三郎の居所がわかったのだ。回り道はできぬ」

憮然《ぶぜん》とした顔でいった久蔵はさらに足を速めた。

もちろん、八兵衛と貫太郎がいうように、直吉郎と伝次郎のことは気になっている。連絡がつけば心強いが、二人がどこで聞き調べしているかわからない。

（ここは腹をくってでも……）

久蔵は唇を真一文字に結んで、目に力を込めた。

祥三郎はひなの店の近くに来ていた。顔を隠すために編笠を被り、着物も着替えていた。池田屋の寮にちょうどいい着物があったのだ。着流しではなく、渋茶色の羽織も拝借していた。おかげで痩せ浪人ではなく、傍目《はため》には立派な武士に見えるはずだった。

御蔵前通りの茶店で休んでいた祥三郎は、浅草黒船町の西側の通りに移動した。どん突きが榧寺で、奥は公儀の的場になっている。

しばらく行ったところに年寄り夫婦がやっている団子屋があった。その前に長床几が置かれ、脇に日除《ひよ》けの葦簀が立てかけられている。

祥三郎は長床几に腰をおろし、茶と団子を注文し、そこで様子を見ることにした。

昨夜、いらぬ邪魔者が池田屋の寮にやって来て、面倒なことになったが、今朝明るくなってからあの二人の死体は寮の裏の畑に埋めておいた。当面、死体を見つけられることはないし、祥三郎にとってはどうでもよいことだった。

しかし、あの二人はどこで何をやって来て、何をしに寮に来たのだろうかと、その疑問だけは残っている。深く考えるつもりはないが、いかんせん昨夜のことである。頭の隅で考えてしまう。それでも、不運な男たちよ、と嘲笑《ちょうしょう》が口の端に浮かぶ。

あの二人がやって来たおかげで、祥三郎は予期もしない大金を手にすることができた。そのことで、ひなの家に戻るのをやめようかと思った。

そして、今朝起きてから考えを変えたことがある。高砂町の店番から聞いたことがあるからだった。町方の動きはわかっている。

それに、祥三郎は助五郎と仲のいい長十郎が、同心の中村直吉郎と話していたのを見ている。どうにもそれが引っかかっていた。

もし、助五郎がひなのことを話していれば、中村直吉郎という同心はひなを訪ねたか、ひなの店の近くで見張っているかのいずれかだという思いに至った。

だから、直接ひなを訪ねるのは危険だった。しかし、店が見張られているなら、中村直吉郎が、この近くにひそんでいるはずだと見当をつけたのだ。

もちろん、他の同心もいるかもしれないが、祥三郎は中村直吉郎を見つけることができれば、逆に様子を窺い、隙を見つけて決着をつけようと考えた。

(もう、それですべて終わりにしてやる)

祥三郎は、今朝早くそう思い決めたのだった。

「お武家様、よい天気でいいですね」

茶といっしょに串団子を運んで来た店の老婆が、のんきなことをいった。晴れた空で、気流に乗った鳶がゆっくり旋回していた。

伝次郎は昨日から置き去りにしていた自分の猪牙を見に行くついでに、繋留《けいりゅう》場所を変えることにした。それで、薬研堀から猪牙を漕ぎだし、浅草黒船町の河岸につけたところだった。

ここは物揚場《ものあげば》にもなっているので、何艘もの荷舟がつけられていた。荷物をおろしたり積んだりする作業がつづけられている。

伝次郎はその作業の邪魔にならない河岸の端っこに舟を舫った。陸にあがって、尻端折りしていた着物の裾をおろし、襷をほどいて懐に仕舞った。

ふうと息を吐き、からっと晴れた空を見あげて、見張場に足を向けた。御蔵前の通りはいつしか往来が激しくなっていた。

大八車や天秤棒を担いだ行商人がいれば、徒党を組んだ武士の集団がある。旅姿の町人もいれば、小僧を連れて歩く商家の手代もいた。商家に入る客、礼をいわれて商家から出ていく客。立ち話をしている町のおかみ。

のどかな風景がそこにあった。誰も、気を張って凶悪犯を捕らえようとしている町方が目を光らせていることなど知らない。

それは、伝次郎が見張場にしている店に近づいたときだった。一方から歩いてきた男が、まっすぐひなの店に歩いていくのを見た。

小者の八兵衛と貫太郎を連れた松田久蔵だった。

(松田さん……)

心中でつぶやいた伝次郎は慌てた。いま、久蔵にひなを訪ねられては困る。せっかくの見張りが台無しになるかもしれないのだ。

伝次郎は久蔵を止めるために、小走りになった。

四

それは祥三郎が串団子を頬ばったときだった。

先の路地から飛びだしてきた男がいた。同心の中村直吉郎だった。

祥三郎は頬ばったばかりの団子を吐き捨てると、すっくと立ちあがって追いかけた。刀の鯉口を切る。そばに小者はついていない。

中村直吉郎は急いでいる様子だった。祥三郎は足を速めた。同時に周囲に警戒の目を配った。商売に忙しい商家の連中は、なにも気づいていない。すれ違う行商人も祥三郎などには気を留めていない。

中村直吉郎は町屋の角を曲がった。ひなの店があるほうだ。昼日中《ひるひなか》だが、邪魔するものはいない。祥三郎はさらに足を速め、一気に直吉郎に迫った。

もうその背中が目と鼻の先にあった。

（ひと思いにやってくれる）

祥三郎は刀を抜いた。あとは斬りつけるのみだった。

「中村さん、後ろ！」

そんな声がしたのは、持ちあげた祥三郎の刀が日の光をきらりとはじいたときだった。

刹那、直吉郎が振り返った。もう躊躇《ちゅうちょ》している場合ではなかった。

祥三郎は一足飛びに振りあげた刀を、直吉郎にたたきつけた。だが、直吉郎は横に飛んで、祥三郎の一撃をかわすなり、抜き様の一刀でかかってきた。

祥三郎は直吉郎の刀を打ち払い、さらに脇腹を抜きにいった。半身をひねってかわされた。休んでいる暇はなかった。足を送り込んで突きを見舞いにいく。

刀をすり落とされた。祥三郎は、はっとなって、半間後ろに飛びすさった。周囲で悲鳴や怒号が起きていたが、祥三郎は目の前の敵を倒すことに集中した。

直吉郎が袈裟懸けに撃ち込んできた。祥三郎は体をひねってかわし、体勢を崩している直吉郎の肩口に鋭い一撃を見舞ったが、どういうことか、その刀がはじかれていた。

勢いあまって背後にたたらを踏んだとき、直吉郎を庇うようにひとりの男が立ち塞がった。祥三郎は編笠の陰からその男をにらんだ。

船頭の沢村伝次郎だった。元は町方の同心だった男だ。

(こやつ、いつの間に……)

祥三郎は奥歯を嚙んで、右八相《はっそう》に構え直した刀を撃ち込んだ。ガチッと鋼同士のぶつかる音が耳朶《じだ》をたたき、祥三郎は押し返された。

伝次郎が青眼の構えを取って間合いを詰めてくる。

(隙のないやつ)

一尺ほど下がって体勢を整えたが、そのとき周囲を囲まれていることに気づいた。

「祥三郎だな」

声は横から飛んできた。同心の松田久蔵だった。

「くそっ」

祥三郎はやみくもに刀を振りまわした。十手を構えている小者たちが、その迫力に圧倒されて下がった。

一気に間合いを詰めてきた伝次郎の刀が、電光石火《でんこうせっか》の勢いで斬りに来た。まずいと思って下がった。ズバッと眼前で音がして、光をはじく鋭い刀が視界をよぎった。

「祥さん！　逃げて！」

悲鳴のような声がした。ひなだった。

祥三郎は大きく下がった。逃がさないという勢いで伝次郎が詰めてくる。祥三郎はさらに下がって、周囲の状況を見た。

まずいことになっていた。同心とその小者たちが、逃げ道を塞ぐようにそばにいたのだ。

祥三郎は分《ぶ》が悪い、とすぐに判断した。牽制《けんせい》の一撃を眼前の敵である伝次郎に送り込むと、横にいた小者を斬りつけるために刀を振った。小者は素早く横に逃げた。

祥三郎は目に飛び込んできた路地に駆け込んで、全力で逃げはじめた。背後から追ってくるものがいる。誰が追ってくるのか、それが何人なのかわからない。たしかめている暇はなかった。

路地を抜けると、通りに出た。そのままではまずいのでまた路地に駆け込んだ。二人の子供が歩いてくる。片手に刀を下げて走ってくる祥三郎に気づき、顔をこわばらせて板壁に張りついた。

祥三郎はそんな子供には構わず、路地を駆ける。積んであった薪束を蹴散らし、横から出てきた女を突き飛ばした。

悲鳴と怒鳴り声が交錯した。祥三郎は振り返らずにひたすら逃げることに専念した。路地を抜けると大川の河岸道に出た。

物揚場で仕事をしていた男たちが、何事だという顔で見てくる。行く手を阻むように大八車が横切っていく。

祥三郎は見通しの利く河岸道を嫌って、また横の路地に飛び込んだ。息があがっていた。心の臓が激しく脈打っている。肺が苦しくなってもいた。

それでも生唾を呑んで駆けつづけた。もうそこがどこの町かわからなくなっていた。

路地を抜けると、また別の路地に飛び込み、邪魔になる人間を突き飛ばし、天水桶を倒し、洗濯物を干してある物干竿を落として走った。

後ろを見たのは、浅草三間町《さんげんちょう》を抜けたときだった。追っ手の姿が見えた。ひとりだ。それが沢村伝次郎だというのがわかった。

だが、祥三郎が抜けようとしている路地に、やっと飛び込んできたところだった。

祥三郎は通りに出ると、目立たないように歩いた。何度か後ろを見る。

追っ手はいない。少し足を速めて、再び脇の路地に入った。浅草黒船町代地にある長屋だった。路地を抜けて、裏の木戸から表に出た。すぐそばに黒船稲荷社があった。

祥三郎はその境内に入った。百二十坪ばかりの敷地に拝殿のある本社がある。横に土蔵があり、裏は藪となっていた。

藪を抜けて境内から反対側の町屋に出ようと思ったが、土蔵の裏で立ち止まって、灌木《かんぼく》の茂みの中に身をひそめた。

激しく動悸《どうき》がしていた。息も荒れていた。大きく息を吐き、息を吸って呼吸を整えながら五感を研ぎすませた。そうやってじっと動かずに、しばらく様子を見た。

境内に入ってくる人の気配はない。甲高《かんだか》くいびつな声で鳴く鵯《ひよどり》の声がするだけだった。

五

祥三郎の追跡をあきらめた伝次郎は、あとからやってきた音松と合流した。

「逃げられましたか」

「思いの外《ほか》やつの足は速かった」

伝次郎は息を切らしながら答えた。

「松田さんたちはどうしてる？」

「ひなの店で話しています」

こうなったらひなを訊問《じんもん》するしかない。それ以外に手はない。

ひなの店に入ると、久蔵と直吉郎がひなを挟むようにして座っていた。

「伝次郎、悪いことをしちまった。見張っているのを知らなかったのだ」

店に入った伝次郎に、久蔵が謝った。

「連絡を密にしておくべきでした。でも、どうしてこの店のことを……」

伝次郎は八兵衛から水を受け取って飲んだ。

「祥三郎のいた安蔵一家に茂吉という男がいた。そいつから話を聞いてこの店のことを知ったんだ」

久蔵は板木師の茂吉から聞いたことをざっと話した。

「おれが松田さんに知らせなかったのがよくなかったんだ」

悔しそうに唇を嚙んで直吉郎がいった。久蔵の前ではわりとまともな言葉を使うが、それ以外の者たちには、べらんめえ調で話すのが直吉郎だ。

「こうなったら仕方ないでしょう」

伝次郎は直吉郎に応じてから、ひなを見た。そのひなに直吉郎が、

「やつの行きそうなところだ。おまえは知ってるんじゃないか」

と、訊問をつづけた。

「なんべんいわせりゃいいのよ。わたしゃそんなところは知らないっていってるじゃない」

ひなは気の強そうな顔をして直吉郎をにらむ。

「ま、いい。それはおいおい聞くことにする。だがひな、おまえは罪人を匿っていたのだ。それはあんまりいいことじゃない。それぐらいわかってるだろう」

久蔵はたしなめるように穏やかな口調でいって、ひなを見る。

「あの人が江戸払いになっていたのは知ってるけど……」

怒ったように頬をふくらませていたひなはうつむいた。

「江戸払いもそうだが、やつは人を殺しているんだ」

久蔵の言葉に、ひなは敏感に反応して、さっと顔をあげた。

「ほんとに……」

ひなはぱっちりした目をさらに大きくした。知らなかったようだ。

「まあやつだという確かな証拠《あかし》はないが、疑いがある。おそらくそうであろうが……」

「誰を殺したんです？」

「町方の同心だ。それからその同心が使っていた小者も殺されているし、もうひとり小者と、子供まで殺している疑いがある」

「ほんとに祥さんが……」

久蔵はその問いには答えなかった。代わりに別のことを聞いた。

「祥三郎はいつからおまえの世話になってるんだ」

「……」

「黙っていちゃ話にならない。おまえを咎めているわけじゃないんだ」

「ひな、やつがこの店の二階にいたことはわかってるんだ。いまさら隠し立てしたってはじまらないだろう」

直吉郎が促した。

「……二月ぐらい前からです」

伝次郎は久蔵と直吉郎を見た。酒井彦九郎が殺されたのも、二月ほど前だ。

「ひょっこりあの人が訪ねてきて、しばらく世話になってもいいかって聞くんで、わたしゃ、ああいいわよっていったんです。祥さんはわたしのいい人だから……」

「祥三郎がやって来てからどんな話をした？」

久蔵が訊ねる。

「どんなって？」

「他に行く場所があるとか、誰々に会ったとか、そんなことだ」

ひなは短く視線を彷徨わせてから、

「そんな話はしなかったわよ」

と蓮っ葉な調子で答えた。

「それじゃ江戸払いになってどこで何をしていたかぐらいは聞いているだろう」

伝次郎だった。

座っているひなが見あげてくる。厚めの唇をちろっと嘗めてから答えた。

「神奈川宿にいたといっていたわ。道場があって、そこで世話になっていたって……詳しいことまでは聞いていないから……」

最後は蚊の鳴くような声でいってうつむいた。

久蔵と直吉郎は交互に、ひなに問いかけていったが、祥三郎を探す手掛かりになるようなことはいわなかった。

「ひな、悪いがおまえの部屋を検《あらた》めさせてもらうぜ」

直吉郎がいって立ちあがった。

「検めたって何もないわよ」

ひながキッとした目で直吉郎を見た。

「そりゃどうかわからねえ。まあ、おまえさんにも立ち会ってもらうから、余計な心配はしなくていいさ。案内してもらおうか。いやだったら勝手にやらせてもらうが」

「そんなのいやよ」

ひなはさっと立ちあがって直吉郎をにらんだ。それから、ふて腐れたように、わかったわよといって、ひなは二階への梯子がかかっている店の裏に歩いていった。

それに、直吉郎と久蔵がつづいた。

「祥三郎は中村さんを狙っていた」

三人を見送ってから伝次郎がいった。直吉郎についている平次と三造が、ギョッとした顔で見てくる。

「中村さんは酒井さんといっしょになって祥三郎を捕まえた人だ。やつは酒井さんだけでなく、中村さんの命も狙っていると考えていい」

「あのときはあっしもいましたし、こいつもいました」

三造が丸顔の中にある目を大きくして、のっぽの平次を見る。

「それに、酒井の旦那は助三郎も連れていました。てことは、やつはおれたちも狙っているってことでしょうか」

平次がこわばらせた顔を伝次郎に向けた。

「それはわからねえが、気をつけることだ。やつは腕を磨いている。安蔵一家にいる頃は、剣術の鍛錬を怠っていたかもしれねえが、江戸払いになった二年の間に腕を磨きなおしている。さっきの立ち回りを見れば、おそらくそうだ。そして、やつはおれを一度襲っている」

「ほんとですか」

三造が頓狂な声をあげて、まじまじと伝次郎を見た。三造だけでなく、そこに残っている小者たちが驚いていた。

「ああ、おれの腕を試すつもりで斬りに来た。おれが舟を舫おうとしていたときのことだ」

「いつのことです？」

「三日前だ」

「なぜ、それをいわなかったんです」

「いえば探索が混乱すると思ったからだ。それに祥三郎だという確信もなかった」

「狂ってる。やつァ狂ってんです」

平次が吐き捨てるようにいって拳をにぎりしめた。

「放っておける男じゃない。何がなんでもしょっ引かなきゃならない」

久蔵の小者・八兵衛が十手をしごきながら吐き捨てるようにいった。それに合わせるように、他の小者たちも、逃がしちゃならねえ男だ、と言葉を揃えた。

伝次郎はそんな小者たちをゆっくり眺めた。

久蔵の小者・八兵衛と貫太郎、直吉郎の小者・平次と三造、明神下の岡っ引き・助三郎、そして音松だった。

店の戸口から射し込んでいた日の光がすうっと翳っていった。雲が日を遮ったからだ。

表の道を「らうのすげ替え、ご用はありませんか、らうのすげ替えー」と、遠慮がちの声を漏らしながら、煙管道具を入れた箱を背負った羅宇《ラウ》屋が通り過ぎた。

「相手はひとりだ。おれたちは九人いる。逃がしてはならねえ」

伝次郎は爪楊枝をくわえて、ピキッと折った。

「酒井の旦那の家のほうはどうなんでしょう。寛一郎の若旦那も危ない目にあってるんですから……」

三造が心配そうな顔をしていう。

「寛一郎には粂吉と他の小者がついているし、お奉行も警護をつけていると聞いている。酒井さんの家のほうも同じだ。祥三郎はそのことを知って、中村さんに的を絞ったのかもしれねえ」

「だけど、旦那にはなかなか手が出しにくいんでは……」

「さっきのことを考えろ。祥三郎はわずかな隙をついて中村さんに斬りかかったんだ。見廻りの同心は、小者をつけちゃいるが始終気を張ってるわけじゃない。油断もある」

「いまは気を緩めちゃいませんがねえ」

三造は忌々《いまいま》しそうに首を振る。

「とにかく祥三郎は江戸にいる。そのことは、はっきりしている」

「まさか、あのまま逃げたんじゃないでしょうね」

久蔵の小者・貫太郎だった。伝次郎はそれを危惧していたが、そうでないことを願った。

しばらくして二階に行っていた久蔵と直吉郎が、ひなを連れて戻ってきた。

「何かありましたか？」

伝次郎の問いに、久蔵が首を振った。

「何もないが、やつは金を残していた。ひなの柳行李の底に三十両ばかりあった」

直吉郎がいった。

「大金だ。やつはその金を取りに戻ってきたのかもしれぬ」

久蔵がそういって椅子代わりの空樽に座った。

「用はもうすんだんでしょう。だったら帰ってよ」

ひながむくれ顔でいった。

「そういうわけにはいかねえさ。おめえさんにはまだ聞くことがある」

直吉郎にいわれたひなは、頬をふくらまして顔を真っ赤にした。

六

黒船稲荷に身をひそめていた祥三郎は、もう大丈夫だと思うまでたっぷり時間を取ってから境内を抜けた。

荒れていた呼吸は収まり、落ち着きを取り戻していた。

中村直吉郎を仕留められなかったのは悔やまれるが、捕まらなかったのは何よりだった。やはり、推量していたとおり、ひなの店は見張られていた。

(もう、あの店には戻れないか……)

心中でそうつぶやくが、祥三郎には未練はなかった。毎晩のように求めてくるひなのことを疎《うと》ましく思いはじめていたし、ひなにも特別な思い入れはない。ただ、女のよさを教えられたのは悪くなかった。

祥三郎にとっては、ただそれだけのことだった。それより、これから先のことを真剣に考えなければならなかった。

(おれを探している探索方は多い)

これ以上危ない橋はわたらないほうがいいような気がする。そう思っても、芳吉の無念を考えるとじっとしておれない心境になる。

「くそッ」

思わず吐き捨てた言葉が、すれ違う男に聞こえたらしく、ギョッとした顔を向けられた。目があうと、相手は顔を伏せて、急ぎ足で去っていった。

吾妻橋をわたり、肥後熊本新田《ひごくまもとしんでん》藩下屋敷そばにある茶店に立ち寄って休んだ。被っていた編笠は斬り破られたので、すでに捨てていた。

目を細めて空を舞う鳶を眺める。

(芳吉、どうすりゃいい)

元気な頃の芳吉の顔を、瞼《まぶた》の裏に浮かべた。

芳吉は気のやさしい男だった。もう無理はしなくていいよ、と生きていればいってくれただろう。

(何でもおれのことを先回りして考えてくれるやつだったからな)

祥三郎は茶を飲んで来《こ》し方《かた》に思いを馳せた。

初めて芳吉に会ったのは、祥三郎が蝙蝠の安蔵から盃を受けて、間もなくの頃だった。

百姓上がりの芳吉は大工仕事をやっていたが、荒っぽい職人連中についていけず、錺職人になっていた。

それは祥三郎が茶漬屋で飯を食っているときで、芳吉は窓辺の席で簪《かんざし》をためつすがめつ日の光にあてて見ていた。

気になったので、さっきから何をしているんだと声をかけると、この簪の出来がわからないという。

ひ弱そうな男で、言葉つきもやさしかった。祥三郎は見せろといって簪を受け取り、ふんと鼻を鳴らして小馬鹿にした。

——どこにでもある簪じゃねえか。だが、彫り物の絵がいい。

祥三郎が褒《ほ》めると、芳吉はそばに寄ってきて、ほんとうにそう思うかと真剣な目を向けてきた。

——おれは気に入ったがな。こりゃあ鯉《こい》だろう。勢いがあっていいじゃねえか。

——へえ、おわかりになりますか。鯉の滝上りを考えて作ったんです。喜んでもらえると思ったんですが、お客に気に入らないと突き返されましてね。

芳吉は情けなく眉を下げた。

――そりゃあ、客の見る目がねえからだろう。この鯉はぴんぴんしてるじゃねえか。いい拵《こしら》えだ。他の客に売りゃすむことだろう。

祥三郎はそういって簪を突き返した。

出会いはただそれだけのことで、芳吉のことはすぐに忘れた。だが、幾日かして道端で声をかけられた。お忘れですか、といって芳吉がにこにこして近づいてくる。

――先日の簪が高く売れました。やはり見る目のある人は違います。

と、頰をほころばせ、何かお礼をしたいという。そんなものはいらないと断ったが、どうしても礼をしたいという。

祥三郎は、おれみたいな男が怖くないのかと聞いた。

――おれはやくざもんだぜ。見りゃわかるだろう。

――はい、そりゃあ近寄りがたい人だと思いますが、お兄さんは悪い人じゃないと思いますし、なによりわたしの腕を褒めてくださいました。それが嬉しいんです。

――(礼は)高くつくぜ。

祥三郎は冗談交じりにいったが、芳吉は構いませんという。

そのまま料理屋に行って酒を奢《おご》らせると、芳吉がよく気の利く男だとわかった。細かい気遣いをしてくれ、まめに世話を焼く。

――まるで人の女房みたいな野郎だな。

芳吉はそういっていただけると嬉しいです、と熱い眼差《まなざ》しで見てくる。

こいつそういう男だったかと思った。それで、誘いかけるとすぐに乗ってきた。意気投合《いきとうごう》するのに時間《とき》はかからなかった。祥三郎は暇を見ては芳吉と会うようになり、いっしょに過ごす時間も多くなった。

なにかにつけ、芳吉は祥三郎に同情的だったし、心にある傷を癒やしてくれる人間だった。常に情け深い心を持って接してくれた。

それまで祥三郎はそんな人間に会ったこともなく接したこともなかった。

――おめえは親以上、兄弟以上におれのことを思ってくれるんだな。

しみじみといってやると、芳吉は言葉を返した。

――兄さんはわたしにない強いものをお持ちです。ですから、その身を大切にしてもらいたいだけです。

そんな芳吉に、祥三郎は言葉ではいえない深い絆を感じた。こいつのことを大事にしよう。一生そばに置いてやろうと思っていた。

（だけど、芳吉はおれを庇って殺された）

祥三郎は我に返って、胸中でつぶやいた。

それからきらきらと輝いている大川の流れを眺めた。大小の舟が上ったり下ったりしていた。

（やっぱりこのままじゃすまされねえな）

芳吉の無念は晴らすべきだと、改めて強く胸の内で誓った。

この二年間、そのために腕を磨いてきたのである。たとえ相手と刺し違えても思いを果たすべきだった。斬られて死んだとしても、それはそれでよかった。

（どうせ、この命は長くねえだろう）

胸中でつぶやく祥三郎は、長生きする気などさらさらなかった。

七

祥三郎の足取りはぷっつりと途絶えた。

久蔵と直吉郎は、ひなに対して厳しい訊問を行ったが、祥三郎がどこに身をひそめているか、手掛かりになるような証言は得られなかった。

「結局あの女、祥三郎のことをあまり知らねえってわけだ」

ひなを帰したあとで、直吉郎がぼやくようにいった。

「知らないどころじゃない。ひなのいったことを信じれば、祥三郎はひなに自分のことを詳しく話していないということだ」

久蔵が茶を飲んでいう。伝次郎もそうだと思った。

「とりあえず今日は引きあげよう。ひと晩寝れば、また何かいい考えが浮かぶかもしれぬし、ひょんなところから尻尾をつかめるかもしれぬ」

久蔵は湯呑みを置いて、よっこらしょと腰をあげた。

それに合わせるようにして、みんなはひなを訊問していた浅草黒船町の自身番を出た。

すでに日は暮れており、提灯を持って歩く人の姿が目立っていた。縄暖簾や料理屋の軒行灯にも明かりが入っていた。

久蔵たちと別れた伝次郎は、舟を繋留している河岸に行き、舟を出した。舟には音松を乗せている。

舟提灯の明かりが暗い川の流れに揺れている。

空には冴《さ》え冴《ざ》えとした月が浮かんでいた。

「旦那、お疲れでしょう」

音松が気遣う顔を向けてきた。

伝次郎は棹を右から左に変えて、首を振って答えた。

「そうでもないさ。おまえこそ疲れているはずだ。昨夜はあまり寝ていないだろう。今夜は早く休むことだ」

「旦那のほうこそ。あっしは一ツ目橋んところで降ろしてもらえれば結構です」

「そうはいかねえさ」

「いえ、上りはしんどいでしょう。結構ですから」

音松は送って行くという伝次郎の思いやりを固辞《こじ》した。伝次郎は仕方なく、音松のいうとおりにして、一ツ目之橋のたもとで降ろしてやった。

そのまま山城橋の河岸に行ったが、舫を手にしたとき気が変わった。千草の店に行こうと思ったのだ。再び舟を出して六間堀を下っていく。

何度か山城橋と、いつも舟を舫っている雁木のあたりを見た。先夜のように闇討ちをかけてくるような影はなかった。

(祥三郎、どこにいるんだ……)

その船宿は、今戸橋から山谷堀を一町ほど北へ行ったところにあった。二階の客待ち座敷の隅に、祥三郎はひとりつくねんと座っていた。

目の前の折敷《おしき》に、銚子が一本と小鉢に盛られた煮魚が添えられている。箸はそのままで、手がつけられていなかった。

祥三郎は盃を両手で包み込むように持って、透明の液体を長々と見つめていた。行灯の明かりが片頬にあたっている。深刻な顔で沈思しているので、離れたところに座っているひと組の男女がときどき、気にするように盗み見ていた。

やがてその男女は階段を下りて座敷から消えていった。

祥三郎は、ふうと息を吐いた。それからしがみつくように持っていた小さな盃を口に運んで、一気に酒を飲みほした。

（相手が多すぎる）

考えた末に胸中で吐き捨てたのは、そんな言葉だった。

わかっていることではあったが、祥三郎は早まって動いた自分のことを反省していた。ひなの店が見張られているかもしれない、ということは予想していたことだ。それなのに急いた行動に出て、危うく捕らえられそうになるばかりでなく、斬られそうになった。うまく逃げおおせたからよかったが、つぎからは十分な注意を怠らないことだ。

祥三郎はそんなことを自分にいい聞かせながら、これからどんな手を使うかをおよそ決めたところだった。

中村直吉郎を斬るには邪魔者が多すぎる。だから、まわりにいる者たちをひとりずつ片づけていかなければならない。

しかし、誰がどこに住んでいるかわからない。同心についている小者たちは、通いもいるだろうが住み込みもいるはずだ。それに、小者は物の数ではない。

邪魔なのは、松田久蔵という同心と、元同心でいまは船頭を稼業にしている沢村伝次郎という男だ。

小者を連れ歩く松田久蔵には手を出しにくい。だが、沢村伝次郎はそのかぎりではない。

（やつはあの河岸に舟を置いているはずだ）

祥三郎は虚空《こくう》に目を光らせた。

（あの河岸の近くにやつは住んでいる。そのはずだ。まずはやつから始末しよう）

祥三郎は差料をつかんで立ちあがった。

第六章　向島

一

有明行灯が天井をあわく照らしていた。その天井に張りついていた蠅取蜘蛛《はえとりぐも》が、素早く動いて壁を伝い暗がりに消えていった。

「どうしたんです？」

千草が寝返りを打って、伝次郎の胸に頭を預けてきた。

「さっきからちっとも眠っていないじゃありませんか」

「眠れないんだ」

伝次郎は千草に腕枕をしてやった手で、彼女の髪をすくうように弄《もてあそ》んだ。

「考えごとが多い人ですね」

気《け》だるそうな声で千草はいって、伝次郎の唇を指先でなぞった。

「よくわからないんだ」

「何がです？」

「祥三郎という男だ。酒井さんを殺しただけでは飽き足らず、殺しを目撃した子供、そして酒井さんの小者の万蔵を殺し、今日は中村さんに不意討ちをかけてきた。寛一郎に闇討ちをかけてもいる。おかげで、寅吉という寛一郎の小者も殺されている」

いうつもりはなかったが、千草なら構うことはないと思っての告白だった。

「なぜ、やつは執拗《しつよう》に罪を重ねようとしているのか、その理由がよくわからぬ」

「わたしがもし、誰かに殺されたら伝次郎さんどうします？」

ふいの問いかけに、伝次郎は顔を動かして千草を見た。千草も自分の頰を、伝次郎の胸につけたまま上目遣いに見てきた。

「許しはしない。だが、その相手の身内までは狙わないだろう」

「祥三郎という人は大切な人を斬られたんでしたね」

「だが、男だ」

「……」

「おれにはよくわからぬ」

男色の趣味はないから当然のことといえる。しかし、執拗な祥三郎には強い動機がなければならない。それが伝次郎にはわからないのだった。

「その人にとって大切だと思う相手は、男も女も関係ないと思いますよ。男の人の妹や姉、あるいは母親でも同じじゃないかしら。そして、それが父親や弟あるいは兄でも」

「祥三郎の相手は、血のつながりのない他人だ」

「他人でも親子以上、身内以上のつながりを持つ人もいるのではないかしら」

千草は片腕を伝次郎の首にまわして力を入れ、顔を寄せて耳許で囁《ささや》いた。

「わたしたちみたいに」

いったあとで照れるように、ふっと笑った。

「そうか……」

伝次郎は応じはしたが、やはりわからなかった。

　つまり、祥三郎にとって芳吉はかけがえのない相手だったということだろう。そう考えるしかないのである。

「伝次郎さん、考えるのはその辺にして体を休めるほうが大事です」

「ああ」

「でも、こうしていられるときが一番安心。いつも心配しているのですからね」

　伝次郎は、あまったるげな声で囁く千草を強く抱きよせた。千草はやわらかな乳房を伝次郎の逞しい胸に滑らせ、すらりとした足を絡《から》ませてきた。

　千草の家だった。店を訪ねると客は誰もいず、二人で酒を酌み交わしているうちに、千草は店を早仕舞いにした。いつもだったら伝次郎の長屋に行くのだが、

　――たまにはこっちに泊まってみよう。

　と、伝次郎がいったのだった。

　行灯の芯がジッと鳴り、パッと炎が一瞬だけ明るくなったと思ったら、そのまま消えてしまった。部屋は暗い闇に包まれた。それでも千草の白い肌だけは、かすかに見ることができた。

「もうやめなよ」

銚子を取りあげたのは店の常連客で、幸吉《こうきち》という大工だった。

「いいじゃないか、寄こしなよ」

ひなは銚子を奪い取ってから、自分の盃になみなみと酒をつぎ、

「あんたも飲みな、今夜はお代はいらないからさ」

と、幸吉の盃にも酒をついだ。

「何かいやなことがあったんだろう。飲んでばっかりじゃどうしようもねえだろう。おれが聞いてやるから話しなよ。それですっきりするかもしれないじゃねえか」

「すっきりするわけないじゃない」

「だったらどうすりゃいいんだよ。おれはひなちゃんのことを……」

ひなはさっと手をのばして幸吉の口を塞いだ。

「それから先はいっちゃ駄目だよ。わたしゃちゃんとわかってんだから。でも、それはいっちゃ駄目」

ひなは幸吉をまっすぐ見ていう。色の黒い頑丈な体つきの小太りである。ひなの好みではない。だが、いい客なので大事にしておかなければならなかった。それに、

幸吉が自分に好意を寄せているのはずっと前からわかっていた。

ひなは思わせぶりなことをいったりはしない。ちゃんと、早くいい人を見つけろと突き放している。

「そんなしけた面しないで、もっと飲もうよ」

ひなは幸吉の口から手を離して、自ら酒をあおった。

「でも話してあげるよ。こういうことは、あたしもちゃんと話したほうがいいだろうからさ。板場から酒持ってきて……」

幸吉は素直に板場に行って酒を持ってきた。

「好きな人がいるんだよ」

そういうと、幸吉の顔が途端にこわばった。落胆の色さえ浮かべる。だが、ひなはつづけた。

「わたしゃ昔やくざと付き合っていたんだ。とんでもないひどい男さ。てめえの思いどおりにいかないと、八つ当たりをするような下衆《げす》でね。わたしゃ殴られたり、蹴られたり、髪をつかんでぶん投げられたり、さんざんだった。別れたくても、その男は許してくれなかった。やくざといっても、弱いくせに意気がって町を歩くごろつきさ。それでも、安蔵という親分さんから盃を受けて一家に入ってはいたけどね」

「それでどうしたんだい？」

幸吉は好奇心の勝った顔を向けてくる。

「わたしとそいつのことを見かねた人がいるんだ。同じ一家の祥三郎という人でね。わたしの男に説教して、手を切るように勧めてくれたんだ。だけど、従いっこないよ。清十郎《せいじゅうろう》っていうんだけど、あくる日にはわたしに手をあげて、わたしゃ顔に痣《あざ》を作る始末さ。そのたびに祥三郎さんが、わたしを宥《なだ》め清十郎を叱るんだ。だけど、聞きやしない。それでたまりかねた祥三郎さんが、本気で怒ったんだ」

「まさか殺したんじゃ……」

「そんなことはしないさ。拳骨《げんこつ》で清十郎を殴り飛ばして、ひなの痛みを教えてやるから覚悟しな、それがいやだったら遠慮することねえからおれにかかってこいっ、て啖呵《たんか》切ってねえ。わたしゃ、そんとき祥三郎さんに惚れ惚れしちまった。男ってのはこうでなくっちゃならないとね。ところが清十郎ときたら、普段は意気がってるくせにまるでへっぴり腰さ。甲斐性なしの意気地《いくじ》なしは、土下座して祥三郎さんに許しを請う始末さ。だらしないあの泣きっ面を見たとき、なんてみっともない男だと思ったよ。その代わり、わたしが添うのは祥三郎さんだと決めたんだ」

ぐすんと、ひなは鼻を鳴らして、瞼に浮かんできた涙をぬぐった。心が痺れたのは、あのときの祥三郎の科白《せりふ》だった。

――清十郎、女ってェのは、日陰に咲く一輪《いちりん》の花と同じだ。やっと咲いた花をやさしく見守ってやるのが男じゃねえか。か弱い女をいじめるなんざ、下衆のやることだ。

祥三郎はみじめに土下座をする清十郎を見下ろしながら、そういったのだった。

「だけどあの人、お縄になっちまって……」

「それじゃ罪人じゃねえか。いまも牢屋敷かなにかに入ってんのか。それとも島流しにでもされてるのか……」

幸吉は期待顔をしていた。

「江戸にいるよ」

「何だ、いるのか。それじゃもう勤めを終えたってことかい」

幸吉はがっかりした顔で酒を飲んだ。

「この二階に二月ぐらいいたんだ。わたしゃずっといてくれるもんだと思っていたんだけど……」

ひなはそこまでいうと、急に悲しくなった。両目から涙が、ぽろぽろとこぼれ落ちた。

「二階にそんな男がいたのか」

幸吉は啞然《あぜん》とした顔で天井を見あげた。

「……でも、その人どっかに行っちまったんだ。それに町方の旦那に追われてるし……うわあー」

ひなは大声をあげて泣きながら、飯台に突っ伏した。

「何で町方に追われてるんだよ」

憎たらしいことに、幸吉の声には嬉しいひびきがあった。

「あの人、人を……人を……」

「人をなんだい？」

「殺しちまったんだよぅ」

ひなはしゃくりあげるようにして泣いた。

「祥さん、祥さん……帰ってきておくれよ。お願いだから……うわー」

ひなは顔をぐしゃぐしゃにして泣きつづけた。幸吉がやさしく背中をさすってくれる。

「祥さんていうのは、その祥三郎って人のことだね」

「他に祥さんなんかいないよぅ。あんな人はどこにもいないんだよぅ。それなのに、それなのに……」

「ひなさん、しっかりしなよ。それじゃ仕方ねえだろう。あきらめるしかねえだろう」

ひなは泣き濡れた顔を、がばっとあげた。

「何でわたしがあきらめなきゃならないんだよ。わたしゃ決めたんだ」

「何を？」

ひなはうっかり口にしそうになったが、酔いの醒めた顔で酒を飲み、涙をぬぐった。

（わたしゃ、祥さんを逃がしてやるんだ）

ひなは涙で濡れた目で、宙の一点を見据えた。

空をゆっくり舞っていた鳶が、急降下をして町屋の屋根の向こうに消えた。獲物を見つけたのだろう。

二

祥三郎は新しく買った編笠を目深に被り、山城橋の上に立った。六間堀の水面が空に浮かぶ雲を映している。

河岸には猪牙や荷足舟《にたりぶね》、土舟などが河岸に舫われている。

祥三郎は猪牙に目をやり、河岸ではたらく人足や商家の奉公人たちに目を注ぐ。

沢村伝次郎の姿はない。そして、伝次郎の猪牙がどれであるかもわからない。

伝次郎を襲ったときは暗かった。猪牙にどんな特徴があるのか、そんなことなど気にもしなかった。だから、どの舟なのか見分けることができない。

昨夜はすぐそばで一刻ばかり見張ったが、結局、沢村伝次郎はあらわれなかった。

(舟は別の場所に置いているのか……)

そうかもしれないと思った。すると、探しようがない。

しかし、あの晩はなぜここに舟を舫っていたのだ。祥三郎の中に疑問が浮かぶ。知りあいがこの近所にいて立ち寄ったか、立ち寄ろうとしていたのかもしれない。

祥三郎は編笠の陰に隠れている目を光らせてまわりを見た。

町屋の通りを楽しげに子供たちが歩いていた。煎餅《せんべい》屋の前で若い娘が老婆と話し込んでいる。犬を追いやっている商家の小僧がいれば、客を送りだした奉公人が深々と頭を下げていた。山城橋の北にある松井橋を、四人の家来を連れた侍がわたっていった。

(近所にやつの住まいがあるのかもしれない)

祥三郎は橋をわたり松井町一丁目の通りを西へ向かった。右側は町人地で商家や煮売り屋が並んでいるが、左側は武家地になっている。

(雇われ船頭なら、どこの船宿だ)

祥三郎は歩きながら考えをめぐらせる。船宿は近くに何軒かある。一ツ目之橋のそばと二ツ目之橋のそばにもある。

船宿を訪ねて聞いてみようかと思うが、下手に顔をさらしたくない。だが、沢村伝次郎を探すには、船宿を訪ねるほかにないような気がする。

一ツ目之橋をわたったすぐのところに、富士田屋《ふじた》という船宿があった。祥三郎はその店の前を何度か往復して、訪ねてみようかどうしようか迷った。

(そうか……)

はたと立ち止まって、山城橋のたもとに商番屋《あきないばんや》があるのを思いだした。さっき見たばかりである。あそこには、番太がいた。もし、沢村伝次郎が山城橋のそばにいつも舟を繋いでいるなら、当然知っているはずだ。

祥三郎は来た道を引き返した。商番屋は木戸番とほぼ同じである。町内の雑事をこなしたり、夜廻りをしたりする。番小屋は番太の住まいを兼ねていて、草履や鼻紙、蠟燭などを売って内職している。

沢村伝次郎を襲ったとき、番太はいなかった。夜廻りをしていたのかどうか知らないが、どこかへ出かけていて留守だった。

小さな商番屋は松井町一丁目の東角にあり、山城橋を行き来する人を見張れるようになっていた。

祥三郎は商番屋に近づくと、一心に草鞋を作るために藁《わら》を綯《よ》っていた番太に声をかけた。年老いた番太はひょいと顔をあげ、目脂《めやに》のついた目をぱちくりさせた。

「何か御用で……」

「そこの河岸に舟がつけられているな。猪牙舟もある」

祥三郎はなるべく顔を見られないように、編笠を深く被り直していた。

「へえ」

「船頭に伝次郎という男がいると思うが知らぬか。そこに猪牙舟を置いているのを見たことがあるんだ」

「伝次郎、さんですか……」

番太は言葉を切り、目をしばたたいて首をかしげた。

「知らぬか」

「さあ……」

「さようか、邪魔をした」

祥三郎はさっと身をひるがえして、商番屋をあとにした。歩きながらここで探すのは面倒だと思い、高砂町の自身番を見張って、考え直すことにした。

東両国の雑踏を抜け、大橋をわたった。眼下の川を眺めては猪牙舟に目がゆく。

なぜか、祥三郎は、中村直吉郎よりもいまは沢村伝次郎を倒したいという思いを強くしていた。

闇討ちをかけたとき、伝次郎の腕を知ったこともあるし、昨日は中村直吉郎を斬ろうとしたときも伝次郎に邪魔をされている。

もちろん、中村直吉郎を斬る気持ちに変わりはないが、どうにも沢村伝次郎の存在が気になって仕方ない。

大橋をわたった祥三郎は、西両国の雑踏で立ち止まった。

蝦蟇《がま》の油売りや南京玉すだれなどの大道芸人が声をあげている。矢場のほうで太鼓がたたかれ、芝居小屋の前で呼び込みをしている男がいた。

祥三郎のそばでは、八つ折編笠を被った読売《よみうり》が、小冊《しょうさつ》を掲げ持ちながら「いろは歌」を読み唄っていた。

祥三郎はひなの家に忘れてきた金を思いだして、立ち止まったのだった。手持ちの金は十分あるが、ひなの部屋に三十両という大金を隠していた。ひなには未練などないが、金はないよりあったほうがいい。

しかし、ひなの店と部屋は見張られているだろう。迂闊《うかつ》に近づくことはできない。

祥三郎は佇んだまままどうしようか迷った末に、先に高砂橋の自身番を見に行くことにした。

（ひなの店はあとでもいい）

胸中でつぶやく祥三郎は、思わず苦笑を浮かべた。

（なんでも後まわしになっちまうな）

と、思ったからだ。

高砂町の自身番からほどない場所にある茶店に入った祥三郎は、一刻ほど自身番の動きを見た。腰高障子は開け放されているので、自身番の中を窺うことができる。店番と書役がいるだけだ。同心や小者の姿はない。

ときどき自身番を訪ねるものがいたが、近所の人間らしかった。二言三言言葉を交わすと、すぐに自身番を出ていった。

見張りをしても何も変化はないし、同心たちの動きもわからなかった。祥三郎は昼近くになって、ひなの店に行くことにした。もちろん、それは近くまで自ら店を訪ねるような愚かなことはしない。

御蔵前の通りを歩き、榧寺の門前町まで来たときだった。祥三郎はむんと口を引き結んだ。正面から早足で歩いてきた男を見たからである。

会いたいと思っていた沢村伝次郎だった。いつものように音松という手先を連れている。

いまかち合っては面倒だと思い、祥三郎は道の端に寄り、茶問屋の間の路地に入ろうとした。ところが、沢村伝次郎と音松は、左の通りに曲がって見えなくなった。ひなの店のあるほうである。

(何かあったのか……)

三

ひなの店で暴れている男がいると知らされた伝次郎は、急いで駆けつけたのだが、そのときはすでに直吉郎に取り押さえられていた。

「どうしたんです？」

伝次郎は店の土間に腹這いに押さえられている男と、直吉郎を見て聞いた。

「わからねえ、いま押さえたばかりだ」

直吉郎はそういって、男に立てと命じた。

着ている印半纏《しるしばんてん》で、男が大工だとわかった。

「何で暴れてやがった？」

直吉郎は男をまっすぐ見て訊ねる。男に抵抗の素振りはなかった。

「ひなさんがどっかに行っちまったんです」

エッと、直吉郎が驚いた顔をした。それは伝次郎も同じだった。

二人はひなが祥三郎に会いに行くのではないか、あるいは祥三郎が戻ってくる可能性を考えて見張りをしていたのだった。

「そりゃいつのことだ？」

「いつって、多分今日だと思いますが……」

伝次郎と直吉郎は顔を見合わせた。

昨夜、店の見張りはしていなかった。そして、改めて今朝から見張りを再開することにした。それは今朝、高砂町の自身番で決めたのだった。

「どうしてひながいないとわかった？」

「おれが普請場《ふしんば》に行くと、仲間がひなさんが店を閉めるらしいというんです。それでなぜだって聞くと、今朝ばったり道で会って、そんなことをいってたっていうんです。それで、心配になって来てみると、どこにもいないから、何だか腹が立って……」

「おめえさんの名は？」

「へえ、幸吉といいます」

「ひなに惚れていたってわけか……」

「昨夜、ひなさんの酒の相手をしてさんざん当てつけられちまって、それでもうこの女のことはあきらめようと思ったんですが……」

「当てつけられたって、そりゃどういうことだ？」

「祥三郎というやくざもんに、ひなさんは未練があるんです。相手は罪人だってェのに、何でそんな男に惚れちまうのか……」

「ひなはその祥三郎がどこにいるとか、どこに逃げているとか、そんなことを口にしなかったか？」

直吉郎は遮《さえぎ》って聞いた。

「そんなことは何もいいませんでした。でも、ひなさんはここを出ていったんですね」

「それは……」

「二階を見りゃわかります。それで、おれは頭に来たんです」

幸吉はくそっと唇を噛んで、拳をにぎりしめた。

伝次郎はそのまま二階に急いで向かった。部屋にはひなの残り香があった。柳行李がひっくり返され、横倒しになった蠅帳から瀬戸物の湯呑みや銚子がこぼれていた。行灯も枕屛風《まくらびようぶ》も蹴倒されている。

すべては幸吉の仕業だ。しかし、ひながいなくなったのは、伝次郎にもわかった。鏡台の化粧品が消えているし、簞笥から数枚の着物が抜かれている。

部屋を検めていると、直吉郎がやって来た。

幸吉は放免したといって、いっしょに部屋を検めた。ひなは一時家を空けただけで、戻ってくるかもしれない。そうも考えられた。

「ひながほんとに出て行っちまったかどうかたしかめよう。昨夜はさっきの幸吉という大工と飲んでたらしいから、出て行ったとしたら今朝だろう」

そういった直吉郎は、付近に聞き込みをかけようといって一階に下りていった。

ひなが早朝に出かけたことはすぐにわかった。近所のものが何人か見ていたのだ。

たらしい。

遠出をするような恰好ではなかったが、脚絆に草鞋履き、風呂敷包みを背負ってい

旅にでも出るのかと声をかけると、紅葉狩り《もみじ》に行くとひなはいったそうだ。

「紅葉狩り……」

聞き込みでわかったことを聞いた伝次郎は、小さくつぶやいた。たしかに江戸は紅葉の季節を迎えているし、紅葉狩りも盛んだ。

にぎわう場所の筆頭は、品川鮫洲《さめず》の海晏寺《かいあんじ》、下谷の正燈寺《しょうとうじ》だろうが、上野寛永寺、谷中天王寺《やなかてんのうじ》、王子瀧野川《おうじたきのがわ》、根津権現《ねづごんげん》などもある。

「ひなはどっちの方に向かってたんだ？」

伝次郎の疑問には、話を聞いてきたのっぽの平次が答えた。

「ひなに声をかけたものは、御蔵前の通りを北のほうに向かったといっておりやす」

「それだけじゃわからないな。もっとも紅葉狩りってことを考えれば、正燈寺か上野のお山……」

「そっちに行くんだったら御蔵前の通りは歩かないだろう。ひなの店からだと、上

野寄りの道を辿っていったほうが早い」

直吉郎だった。

「たしかにそうでしょう。しかし、ほんとうに紅葉狩りに行ったんでしょうか……」

「さあ、それはわからねえことだ。思いつきでそんなことをいうことはよくある」

「紅葉狩りの場所に、祥三郎が隠れているのを知っていたらどうです」

伝次郎の言葉を吟味するように、直吉郎はしばらく黙った。

「昨日ひなを訊問したかぎり、ひなが祥三郎の居場所を知っているとは思えなかった。知ってりゃ、おれは感づいていたはずだ。それに伝次郎、おまえもひなが祥三郎の行き先を知っているとは思わなかったはずだ。松田さんも、ひなは何も知らないだろうといった。だから、昨夜は見張りをやめたんだ」

直吉郎はそういうと、チッと舌打ちして言葉を足した。

「まさか夜中に祥三郎が来たってことじゃねえだろうな」

「そうだったら夜中に出かけるはずです。ひなは祥三郎に一途のようですから、ついていったか追いかけていったと考えてもおかしくはないでしょう。でも、ひなは朝までこの店の二階にいたんです」

「……どうする」

直吉郎は少し考えてから、伝次郎を見た。

「ひとまず正燈寺近辺を聞き調べるというのはどうでしょう。ひなは買い物をして、そっちにまわったのかもしれません」

「よし、そうしてみよう。それじゃおれがそっちをあたる」

直吉郎は小者の平次と三造に、顎をしゃくった。

「旦那、あっしらはどうします？」

音松が聞いてきた。

「まず壺振りの伊左次《いさじ》に会うのが先だ」

さっきも、そのためにひなの店から離れたばかりだった。

四

伊左次というのは、安蔵一家にいた男である。賭場で壺を振っていた男で、親分の安蔵を支えてきた大物だ。

これは、松田久蔵の調べでわかったことだった。久蔵は今日も、安蔵一家にいた子分たちを探しながら聞き込みをつづけていた。

伊左次の家は浅草田町《たまち》一丁目にあった。丹波栢原藩織田《たんばかいばらはんおだ》家下屋敷のすぐそばだった。家には女中がいるだけで、主の伊左次は留守にしていた。

行き先を訊ねると、山谷堀に釣りに行っているというだけで、詳しい場所はわからなかった。伝次郎と音松は、一度今戸橋まで戻り、それから山谷堀沿いに歩いていった。

山谷堀は鯉釣り場で有名だが、なにより吉原《よしわら》通いの舟や船宿が多い。日本堤《にほんづつみ》の下を流れるその堀川は、やわらかな秋の日射しを照り返している。

昼間だというのに、吉原通いの猪牙が見受けられ、舟を降りた数人の男たちがいそいそと大門《おおもん》のほうに足を急がせていた。

堀川の幅は広い下流を除けば、おおむね五、六間ほどだ。川端の枯れ草や木の枝が、川面に押しかかるように突きだしているところもある。

土手に座って竿を差している男を見たり、釣舟を見たりすると、音松が駆けていって伊左次かどうか訊ねたが、会うことはなかった。

釣舟の多くは百文舟《ひゃくもんぶね》といわれる小舟で、船宿から借りたものだ。船頭を雇わず自分で棹を差す。

「もっと上ですかね」

吉原のすぐそばまで来て音松がいう。

「かもしれねえ。もっと上に行ってみよう」

それから半町ばかり行ったところで、ようやく伊左次に会うことができた。

釣舟を岸につけ、土手に座り、煙管を吹かしながらのんびり釣りをしていた。五十半ばのしわ深い男だったが、元は博徒の大物だけあって、その眼光は普通ではなかった。

「祥三郎にはもう会ってねえですよ」

伊左次はしわがれた声でいって、煙管をそばの小枝にぶつけて灰を落とした。魚籠《びく》には笹が入っているだけで、まだ釣果《ちょうか》はないようだ。

「あんたも捕まったんじゃなかったのか？」

伝次郎は伊左次の隣に座って聞く。

「あっしはあの賭場にいなかったんで、このとおりです。運がよかったんでしょう」

「祥三郎には会っていないというが、やつの行きそうな場所に心あたりはないか？」

「……祥三郎はいってえ何をやらかしたんです？」

「御番所の同心殺しだ」

伊左次の白髪《しらが》交じりの眉が、ぴくっと動いた。

「町方の旦那をですか……」

「同心の使っていた小者もやつの手にかかっている。その同心は祥三郎を捕縛したときに、芳吉という男をやむなく斬っている」

「ふう……」

伊左次は小さなため息をついた。

川向こうの田から一斉に飛びたった鳥の群れがあった。雁だった。羽音を立て、伝次郎たちのいる土手の上を飛び越え、西のほうへ去っていった。

「よく考えてくれ。放っておきゃ、やつはまた人を殺す。その前になんとしてでも捕まえなきゃならない」

「……」

伊左次は煙管に刻みをゆっくり詰めた。指はしわ深く、職人のように太かった。火をつけて、煙管を吸いつけた。紫煙が風に散らされた。

「やつは人付き合いが下手で、とっつきにくい男でしてね。めったに腹を割って話すことがないんです。まあ、あっしは他のやつより話はしてますが、やつが隠れひそんでいそうなところは見当もつきませんで……」

伊左次はそういってまっすぐ伝次郎を見た。嘘をいったり、誤魔化したりしている顔ではなかった。

「お楽しみのところ邪魔をした」

伊左次と別れた伝次郎は、土手にあがってまわりを見た。紅葉狩りで有名な正燈寺まで、さほどの距離ではない。

「音松、中村さんの手伝いに行ってみるか。正燈寺界隈《かいわい》には大きな町屋はない。もう調べは終わっているかもしれないが、どうする」

「行ってみましょう。伊左次が知っていればと思ったんですがね」

祥三郎はまたとない好機を得たと、胸をときめかせていた。中村直吉郎が二人の小者を連れて、ひなの店を離れてからずっと尾けていたのだ。

その三人は浅草の町屋を抜けると、田畑を縫う野路を辿った。祥三郎は何度も仕掛けようと躊躇ったが、思い決めたときに邪魔するように侍がやって来たり、巡礼中の行者の集団があとからやってきたりした。

結局、下谷竜泉寺町《りゆうせんじちよう》まで直吉郎を尾けることになったが、いったい何を調べているのか見当がつかなかった。

（あの同心はおれを探しているのではないのか……）

物陰に隠れて様子を窺う祥三郎は疑問に思った。

直吉郎らがひなの店からまっすぐやって来たのは、紅葉で有名な正燈寺だった。その寺の境内をひとめぐりすると、門前の店や近くの町家に行って、店のものや職人に声をかけて話を聞いていた。

だが、それもさほど時間を割《さ》いたわけでもなく、いまは下谷竜泉寺町の外れにある小さな茶店で休んでいる。目と鼻の先には、吉原の塀がある。

中村直吉郎と二人の小者は茶を飲みながら、何やら話している。

祥三郎は近くの路地にひそんでその様子を眺めていた。これからどこへ三人が行くか知らないが、人気《ひとけ》のない野路を辿るようだったら、そのときこそ思いを果たそうと考えた。

ひなの部屋に置き忘れている金は惜しいが、それも一宿一飯《いっしゅくいっぱん》の恩義だと割りきって江戸を離れ、安全な在《ざい》に向かえばいい。

昨夜まで沢村伝次郎という船頭のことが気になっていたが、あの男には特別な恨みはない。当初の予定は狂ったが、中村直吉郎を仕留めて終わりである。

祥三郎はその直吉郎たちを隠れて見張りつづけた。直吉郎が茶代を置いて立ちあがった。二人の小者があとにつづく。

（よし、今日のうちに片づけよう）

祥三郎は唇を引き結んで、直吉郎を凝視した。と、その直吉郎が立ち止まって、背後を振り返った。

路地にひそんでいる祥三郎もそっちを見、

「くそッ、またか……」

と、舌打ちをして歯嚙みした。

沢村伝次郎と音松という男がやって来たのだ。

五

祥三郎はその後もあきらめきれず、直吉郎と伝次郎らを尾けた。相手の人数が多いだけに、警戒を怠ることはできなかった。神経を張り詰めながら、直吉郎と伝次郎らの動きを観察する。

彼らは下谷竜泉寺町を離れると、下谷金杉上町《かなすぎかみちょう》から上野へ向かった。誰に声をかけるでもなく、見廻りの体《てい》であった。

そうこうしているうちに、日が傾きはじめた。

夕暮れ間近になると、直吉郎らは上野を離れ、今度は東に向かった。

(町方のやることはわからねえ)

尾行しつづける祥三郎は、内心でぼやいた。

中村直吉郎を襲う機会は見つけられず、結局は振り出しになるひなの店の近くまで彼らは戻った。

祥三郎はご苦労なことだと思うが、さらに自分にツキのなさを感じた。彼らがひなの店の近くまで行くと、どこからともなく松田久蔵が姿を見せたのだ。

彼らは近くの自身番に入り、半刻ほどそこで長話をした。すでに日は没しつつある。

日が暮れれば日中とちがい、人目につきにくくなるし、暗い分だけ襲撃には適している。

中村直吉郎が屋敷に帰る途中を狙えばいいと、祥三郎は考えた。

だが、それは計算違いであった。直吉郎は松田久蔵と連れだって浅草黒船町をあとにしたのだ。二人には小者がついている。

中村直吉郎ひとりを斬るために、他の五人をも斬るのは無理だ。どうしようかと思ったが、なにかと目障りな沢村伝次郎がいる。

(やはりあやつを先に……)

急遽《きゆうきよ》計画を変更した祥三郎は、直吉郎らと別れた伝次郎を尾行した。そばには音松という男がついている。

二人は浅草三好町河岸に向かった。伝次郎は御厩河岸之渡し場に近いところに、猪牙を繋いでいた。舟に乗り込むと、舟提灯《ふなちょうちん》をつけた。もうそれだけ暗くなっているのだ。

祥三郎は慌ててまわりを見た。尾けるには舟がいる。先日のように河岸道を辿っての尾行は、大川の右岸ではできない。すぐそばの御米蔵が大川の景色を遮るからだ。

忙しく目を動かして舟を探している間に、伝次郎の舟は河岸を離れた。祥三郎は地団駄《じたんだ》を踏みたくなった。

音松を乗せた伝次郎の舟は、あっという間に川中まで進み、やがて闇に溶け込むように見えなくなった。

山城橋に舟をつけたときには、すっかり宵闇が濃くなっていた。

伝次郎はゆっくり雁木をあがった。船頭姿ではなく、浪人のなりである。近所ではそんな恰好はしたくないが、もう半分開き直っていた。

河岸道には提灯を提げた人が歩いていた。居酒屋の軒行灯が、濃くなった夕闇の中に浮かんでいる。

「もし、船頭さん」

角にある商番屋の前を曲がろうとしたとき、半吉《はんきち》という番太が声をかけてきた。

いつもぼんやりした顔で、存在感のない男だ。四十三だというが十歳は老けて見え、月代がいつも伸びている。

「よお。どうした」

気軽に声を返すと、半吉は身を乗りだすようにして、

「あなたのお名前は伝次郎さんですか？」

と、聞く。

「そうだ。そういやぁ、名前は教えてなかったな。で、それがどうした？」

「変なお侍に、伝次郎という船頭を知らないかと聞かれたんです」

「おれのことを……」

「へえ、でもすぐにあなたのことだと思わなかったんで、知らないといっちまったんです。悪いことしちまったかなと、あとで思ってたんですよ」

伝次郎は体ごと半吉に顔を向けた。

「その侍はどんな男だった？」

「どんなって、編笠を被っていたんで顔ははっきり見なかったんですが、伝次郎さんと同じかもっと上の年だったような気がします」

「そいつは侍だったんだな」

「浪人のようでしたが、お知り合いですか？」

伝次郎は懐の人相書を見せた。半吉はしばらく人相書を眺めたが、首をかしげた。

「あのお侍、人殺しで……」

半吉は目をまるくした。

「おれは船頭をやっている手前、町方にこいつを見たら教えてくれと頼まれているのだ。背恰好はどうだ？」

「顔はよく見なかったというより、見えなかったんで何ともいえませんが、体つきは似てるような気がします」

「そうか、また見たら教えてくれ。おれのことは知らないといっておけばいい」

伝次郎はそのまま商番屋をあとにした。

戸口を開けて、敷居をまたいだ瞬間、祥三郎はハッと体を緊張させた。素早く刀の柄《つか》に手をやり、鯉口を切る。

人がいるのだ。家の中は暗いままだが、目を凝らすと、すぐそばの座敷に黒い影があった。誰だ、と思いながらじっと影を凝視した。

「祥さん……」

影は蚊の鳴くようなか細い声を漏らした。

祥三郎は目をみはって影を見た。まさかと思った。

「ひなか?」

「そうよ」

影がすっくと立ちあがって、衣擦《きぬず》れの音を立てながら近づいてきた。

「何でこんなとこにいやがる。いや、どうしてここがわかった?」

「わたし、いろいろ考えたのよ。祥さんと話したことをいろいろ思いだしてさ……」

「話はあとだ。明かりをつけろ」

行灯がつけられると、祥三郎は座敷でひなと向かいあった。座敷の片隅に、ひなが持ってきたらしい風呂敷包みがある。

「祥さん、町方を殺したんだって……」

ひながまっすぐ見てきていう。

「わたしの店に町方がやって来て、そんなことをいったんだ。わたしゃ、番屋に連れていかれて、しつこいほど祥さんのことを聞かれたよ」

ひなはそういって、町方にどんなことを聞かれ、どんな話をしたか、詳しく話した。

「でもわたしゃ、祥さんが人を殺したことも知らなかったし、どこへ行っているなんてちっともわからないじゃない。だから、知らないというしかなかったし、知っていてもきっと教えなかったよ」

「しかし、なぜここがわかった？」

ひなはいたずらっぽい笑みを浮かべて、女の勘よ、といった。

「でも、ほんとうは祥さんと話したことを、いろいろ思いだして考えたんだ。祥さん、向島は住むにはいいところかもしれないと何度かわたしにいったじゃない。それに、同じ町内にある池田屋の亭主にはおれのことは話しちゃだめだ、やつはおれのことを嫌っているといったことあるでしょ」

そういわれると、そんなことをいった覚えがある。

「どうしてって聞くと、何でもないってはぐらかしてさ。でも池田屋は向島に寮を持っているって。ぽつんといったじゃない。あんとき、ははァ、祥さんは池田屋が寮を持っているのを羨《うらや》ましがってるんだと思ったんだ。ほら、そんときわたしこういったじゃない」

祥三郎にはまったく覚えがなかった。おそらくひなの話をいつも聞き流しているからだろう。

「どういった？」

「店を大きくしたら、わたしだって向島に寮を持てるって……」

祥三郎はあきれたように首を振って、大きなため息をついた。

「それで、いったいどういうつもりだ」

「祥さんと逃げるのよ。江戸にいちゃ捕まっちまうじゃない」

ひなはあきれたことをいう。

「わたしと祥さんなら、江戸でなくても生きていけるもの。それに、ほら祥さんのお金。町方がわたしの部屋を調べて見つけたんだけど、これ祥さんのでしょう」

ひなは巾着袋を掲げて、自分の柳行李の底に隠してあったという。

「わたし、店の売り上げとこれまで貯めてきたお金持ってきたし、新しく商売をはじめることもできるわ。しばらくは何もしなくて食っていけるしさ」

「なぜおれに構う……」

「なぜって……」

ひなは一瞬悲しそうな顔をしてから答えた。

「だって祥さん、わたしゃ祥さんのような強い男が好きなんだよ。清十郎を懲らしめてくれたとき、か弱い女をいじめるのは下衆のやることだ。女は日陰に咲く一輪の花みたいなものだ。やっと咲いたその花を、やさしく見守るのが男だっていってくれたじゃない。わたしゃ、あんとき祥さんに一生ついていく、一生そばにいるって決めたんだ。だから、江戸払いになったと知ったときは悲しくて仕方なかった。でも、祥さんはわたしんとこにちゃんと帰ってきてくれた」

ひなは一気にまくし立てるようにいうと、がばと祥三郎の胸に飛び込んだ。祥三郎はひなを受け止めるしかなかった。

「逃げよう、祥さん。わたしと逃げようよ」

祥三郎はひなを抱き留めたまま、宙の一点を凝視した。

六

夜明け前の大川の流れはいたって穏やかだが、薄い霧におおわれていた。東雲《しののめ》にかすかな日の光が感じられるが、群青《ぐんじょう》色の空が広がっているだけで、雲も黒いままだ。

伝次郎は猪牙を深川佐賀町にある中之橋のそばにつけた。舟をしっかり雁木に舫い、身軽に岸辺にあがった。ふっと息を吐き、川の上流に目を向けた。

薄い霧に覆われた大川は幻想的だった。川霧は河岸道にも這いあがり、まるで生き物のように地表を動いている。これに朝日が射すと、さらにその幻想さが強まるが、それはほんの一時のことでしかない。

伝次郎はまっすぐ音松の店に向かった。股引に脚絆、腹掛け、羽織った船頭半纏には襷をかけていた。このところの出《い》で立《た》ちと違う、船頭のなりである。

音松の店は当然閉まっている。腰高障子に店の名が書かれている。

「油屋　音松」――自分の名をそのまま屋号にしているのだ。扱っているのは主に髪油である。

「ごめんよ」

遠慮がちに声をかけて、腰高障子をたたいた。誰だいという声が返ってきた。女房のお万だった。

「伝次郎だ。朝早くすまねぇ」

足音がして、すぐに腰高障子が開けられた。

ふっくらと太ったお万が顔をあらわし、

「いったいこんな早くにどうしたんです？　いま亭主を呼んできますから」

と、伝次郎の顔を見るなり、余計なことなど聞かずに音松を呼びに戻った。

あんた起きな、沢村の旦那が来てるんだよ、という音松を起こすお万の声が聞こえてきた。

音松は寝ぼけ眼《まなこ》で出てくると、茶を出しなとお万にいいつけて、

「どうしたんです？」

と、寝間着の前をかき合わせた。

「昨夜からいろいろ考えることがあってな。じつは、祥三郎がおれを探しに来たようなんだ」

「え、いつのことです？」

音松はいっぺんに目の覚めた顔になった。

「昨日の朝のことだ。おれがいつも舟を繋ぐ河岸のそばに商番屋がある。そこの番太に祥三郎はおれのことを訊ねている。番太は相手の顔をよく見ていないが、おそらくそうに違いない」

「でも、どうして旦那のことを？」

「考えたんだ。おれはやつに一度襲われている。そのときのことをもう一度思い返してみた。あの日は、おまえと向島に行ったのだ。祥三郎の手掛かりをつかむことはできなかったが、やつはひょっとしたらおれたちのことを、どこかで見ていたのかもしれねえ。いや、そう考えていいはずだ」

「やつがおれたちを見張っていたってことですか……」

「偶然見かけたか、見張ってたのか、それはわからねえ。だが、おれたちは見られた」

そのときお万が、まだ茶はぬるいですけど、といって二人分の茶を運んできて下がった。

伝次郎は帳場の上がり口に腰をおろして、茶に口をつけた。

「祥三郎はおれたちが舟に乗ったのを見届けると、川沿いにおれたちの舟を追いかけたんだ。墨堤から川岸沿いの道を辿れば追うことはできる」

音松は、はっと目を見開いた。

「それから旦那が舟を河岸につけるのを見届けて襲いかかったと……」

「うむ」

「で、どうするんです？」

「祥三郎は向島にいるかもしれねえ。池田屋の寮だ」

「どうしてそうだと？」

「勘だ。だが、半分はあたっている気がする。ひなは昨日の朝、紅葉狩りに行くといっている。向島にもそんな場所がある。百花園だ。池田屋の寮はそのそばだ」

音松はゴクッと生唾を呑み、慌てたように茶を口に運んだ。

「そういや、祥三郎はあの寮をのぞいていたんでしたね」

「無駄なことになるかもしれねえが、中村さんと松田さんにこのことを伝えてもらいたい」

「これからってことですね」

「そうだ」

「で、旦那は？」

「おれは先に行って様子を見ている。ひとっ走りしてくれ」

「合点《がってん》です」

音松は着替えるために急いで奥に引っ込んだ。それを見た伝次郎は舟に戻った。

伝次郎が舟を出したときに、着替えをすませた音松が、自分の店を飛び出して永《えい》代橋《たいばし》に向かって駆けていくのが見えた。

直吉郎と久蔵の住む八丁堀は、永代橋をわたればもういくらもない距離である。

伝次郎は櫓を漕いで川を遡《さかのぼ》った。引き潮である。そのせいで流れが強い。船頭らが一番体力を使う川の流れである。

群青色をしていた空が少し明るくなった。大橋をくぐり抜けると、さらに空は明るくなり、立ち昇る川霧が雲の隙間から射してきた朝日に浮かびあがった。

それでも北の空はまだ濃い青色で、地平に近いところに浮かぶ雲も黒っぽかった。遠くの景色が薄絹で遮られたように烟《けぶ》り、ところどころの川面が光を照り返していた。

ぎぃぎぃと、櫓が軋む。伝次郎は慌てずにゆっくり舟を上らせた。体力温存のためでもある。

川岸の藪から、鴫《しぎ》の群れがぴゅーっと、奇っ怪な鳴き声をあげて一斉に飛び立った。その空には、雁の群れも見ることができた。

伝次郎は片腕で額ににじんだ汗をぬぐった。霧が薄くなってきた。それに伴い川岸の町屋が見えるようになった。

吾妻橋の上で魚屋の棒手振と、納豆売りがすれ違うのがわかった。

墨堤が見えるようになると、伝次郎は猪牙を川岸に寄せて進んだ。藪の枝に鯵刺《あじさし》が止まっていた。浅瀬に来る魚を狙っているのだ。

伝次郎が諏訪《すわ》明神社に近い入り江に舟をつけたときには、すっかり霧は晴れていた。そこには小さくて粗末な桟橋があった。棒杭に舟を舫うと、大小を手に舟を降りた。

音松の知らせを受けた松田久蔵と中村直吉郎らは、おそらく小半刻も遅れずにやってくるはずだ。

川上りの舟は、人の足よりも遅い。今朝は引き潮だからなおさらである。

土手道にあがった伝次郎は、田の広がる風景の中に百花園を見た。

遠目にも赤や黄色に染まった木々を見ることができた。朝日を受けているので際立った色になっている。諏訪明神社の境内にある銀杏《いちょう》は見事な黄葉《こうよう》だった。

伝次郎は土手道をゆっくり下りて、浅草黒船町の墨筆問屋・池田屋の寮に足を向けた。

七

もう朝だ。

そんなことはとっくにわかっていたが、祥三郎は少しの間居眠りをしてしまった。

慌ててかぶりを振り、雨戸の隙間に目をあてる。

霧が晴れて、朝日が庭に射していた。鳥たちのさえずりがかしましい。とくに鵯《ひよどり》の甲高い鳴き声は耳障りなぐらいだ。

祥三郎は一度台所に行って水を飲んだ。柄杓を口にあてたまま、座敷に転がしているひなを見た。両手両足を縛り、猿ぐつわを嚙ませていた。

ひなは転がったまま、恨みがましい目を祥三郎に向けた。

「悪く思うな。何もなけりゃ、縛《いまし》めはほどいてやる」

ひなは何も反応しなかった。もうその気力もないのだろう。昨夜は縛られながらもさんざん暴れまくったので、体力を消耗しきっているのだ。

水を飲んだ祥三郎は、縁側に戻った。雨戸の隙間から、明るい光の条《すじ》が何本も家の中に射し込んでいた。

祥三郎は、昨夜ひなをあやしんだ。裏切って町方に自分を売ったのではないか、あるいは町方に尾行されているとも知らずに、ここまでやって来たのではないかと考えた。

もし、そうであれば返り討ちにしようと考えた。飛んで火に入る夏の虫だと胸中でつぶやき、ひなを縛りあげ、縁側に陣取って町方がやってくるのを、寝ないで待った。

だが、もう朝になった。ひなは裏切っていないのか。尾けられてもいなかったのか。そう思いはじめていた。

そのときだった。生垣の向こうに人の動く影が見えた。祥三郎はいっぺんに眠気を吹き飛ばし、目を凝らした。

男だ。ひとりである。だが、職人の恰好だ。

祥三郎は緊張を緩めた。ところが、生垣の向こうにいる職人は、この家を窺っている様子である。

(なんだ、あの野郎……)

職人の影が門のほうに動いた。

祥三郎はくいっと片眉をあげた。職人ではない。足取りは侍だ。やがてその男が門前に立った。職人のなりだが、腰に大小を差している。

「あッ、あの野郎……」

沢村伝次郎だった。

祥三郎は節穴《ふしあな》から伝次郎を凝視すると、やつひとりだろうかと、周囲に視線を走らせた。ひとつの節穴ではわからない。場所を移動して違う節穴から表を見た。

他に人の姿はない。だが、用心が必要だ。祥三郎は足音を殺してゆっくり縁側を離れ、裏の勝手口に急いだ。ひなが転がったまま祥三郎を見ていた。

そっと、裏戸から表に出ると、庭木の陰に隠れながら周囲を警戒した。沢村以外に人の気配はない。

(やつひとりか……。だったら造作もないことだ)

祥三郎は不敵な笑みを浮かべた。


伝次郎は墨筆問屋・池田屋の寮の前に立って、しばらく様子を見た。以前来たときと変わった様子はない。玄関の戸も雨戸も閉まったままだ。手入れを怠っている庭もそのままで、新たに人の来た気配はない。

雑草の生えた庭に足を踏み入れ、玄関に近づいた。耳をすまし、周囲に警戒の目を配る。

戸口に立ち、耳をすまし、小さく戸をたたいてみた。なんの反応もない。もう一度たたいた。と、物音が聞こえた。畳をするような音だ。

「誰かいるのか？」

一度背後を振り返って声をかけた。今度はうめくような声が聞こえた。そして、たしかな人の気配が家の中にある。

「入るぞ」

断って戸に手をかけたがビクともしない。壊すわけにはいかないので、渾身の力を込めて開けようとするが、しっかりした造りの戸は毫《ごう》も動かない。

雨戸のほうはどうだろうかと思い、そっちに足を向けようとしたときだった。背後に強烈な殺気と人の気配を感じた。

伝次郎は動物的な勘で、横に動きながら刀を鞘走らせた。曲者は隙を与えまいと、電光石火の勢いで斬撃を送り込んできた。

伝次郎はかろうじて撥《は》ね返して、大きく下がった。体勢が崩れそうになったので、片膝をついての青眼になる。

「祥三郎……」

目の前にいる男はそうだった。

「やはり、貴様だったか」

「汚い手を使いやがって。ひなを囮《おとり》に使ったな」

伝次郎はぴくっと大きな眉を動かした。

「なんのことだ？」

「しらばっくれても同じことよ」

祥三郎は吐き捨てながら一足飛びに撃ち込んできた。

伝次郎はその一撃を横にすり落としながら、祥三郎の右に立ち位置を変えるなり、反撃の一刀を撃ちおろした。空いている右肩を狙ったのだ。

しかし、祥三郎は紙一重のところでかわし、二間の間合いをとって体勢を立て直した。

まぶしい朝日が二人を照らしていた。枯れ葉がゆるやかな風に舞っている。

「酒井彦九郎さんを殺し、手先の万蔵を殺したのは貴様だな」

伝次郎はじりじりと間合いを詰めていった。

「それがどうした。人殺しへの報いだ」

祥三郎は詰められるのを嫌って、右にまわりはじめた。

「……芳吉のことか」

祥三郎は何も答えずに、さっと牽制の突きを送り込んできた。

伝次郎は半身をひねってかわし、立ち位置を変えた。

「やつのことを口にするんじゃねえ」

祥三郎は前にも増して剣気を募らせ、体中に殺気をみなぎらせた。伝次郎は、一瞬、気圧《けお》されそうになった。これほどまでの殺気はこれまで感じたことがない。

祥三郎のそげた頰には無精ひげが生えていた。鬢《びん》の毛が乱れ、風にふるえるように動いている。爪先で地面を嚙むようにして、間合いを詰めてくる。

(先に仕掛けなければ、やられる)

伝次郎はそう感じた。

左足を送り、右の踵《かかと》をあげた。剣尖《けんせん》をすっと上にあげると見せかけて、そのまま撃ち込んでいった。

祥三郎も同時に撃ち込んできた。ガツンと両者の刃が嚙み合い、鍔《つば》迫《ぜ》りあう恰好になった。伝次郎は引かずに押した。祥三郎も口をねじ曲げて、押してくる。

離れる間合いを誤ると、斬られる。それは互いにわかっていることだった。

すでに汗をかいていた。祥三郎の額から流れる汗が頰をつたっている。伝次郎も鼻の脇に流れる汗を感じていた。

もちろん、そんなことなど一顧《いっこ》だにしない二人である。

殺るか殺られるかの死闘である。

口をゆがめ歯を食いしばっている祥三郎の顔が、すぐそばにある。ぎらつく互いの双眸《そうぼう》が火花を散らしている。

鍔迫りあいしながら、引こうか、押そうか、考えていることはおそらく二人とも同じである。引くにしても押すにしても、それは一瞬のことである。

もちろん、刀を合わせたまま互いの力を拮抗《きっこう》させているのである。

「うぬっ」

伝次郎はうめくような気合いを漏らした。

「ぬぬぬ……」

祥三郎も口の隙間からうめきを漏らす。

すうっと明るかった庭が翳った。雲が日を遮ったのだ。そのときを見計らったように、両者は離れた。

再び間合い二間で向かいあった。伝次郎は青眼、祥三郎は右八相。

「一刀流《いっとうりゅう》か……」

祥三郎が小さくいった。伝次郎は無言のまま隙を探す。

また日が出てきた。伝次郎の愛刀・井上真改《いのうえしんかい》の刃がきらりと朝日を照り返した。

伝次郎はすり足を使って間合いを詰めた。どっしりと腰を据えているので、上半身は微動だにしない。

祥三郎は下がらずに、その場で伝次郎の動きを注視している。

「とりゃあッ！」

裂帛《れっぱく》の気合いを発して地を蹴ったのは祥三郎だった。

すでに両者の刃圏内で、先に攻撃を仕掛けたほうが有利だった。伝次郎はわずかに遅れた。祥三郎の体が大きな黒い塊《かたまり》となって襲いかかってくる。

伝次郎は右足を右斜め前に送り込み、刀を水平に振り切った。

両者の刃風が、冷涼な空気の中でうなりを発した。

伝次郎は刀を振り抜いたままの残心《ざんしん》を取っていた。祥三郎も上段から撃ち込んだままの残心の姿勢を保っていた。

「斬ったのか……」

それは突然の声だった。

門前に松田久蔵と中村直吉郎の姿があったのだ。手先の小者たちもそばにいる。

がくっと膝をついたのは伝次郎だった。

「旦那ッ」

音松の悲鳴じみた声がした。

同時に、祥三郎が腹を押さえるようにしてうずくまった。

みんなが伝次郎に駆け寄った。

「おい、伝次郎。大丈夫か？」

直吉郎が肩に手をかけて聞いた。伝次郎はゆっくり顔をあげた。

「斬っちゃいません。棟打《むねう》ちです。やつに縄を」

伝次郎はそういって大きく息を吸って吐いた。刀を振り切る寸前に、伝次郎は棟を返していたのだった。

八

小者たちによって縄を打たれた祥三郎はゆっくり顔をあげて、伝次郎を見てきた。最前の血走った目ではなく、諦念《ていねん》の色を浮かべていた。

「なぜ、斬らなかった」

祥三郎は後ろ手に縛られ、跪いたまま見てくる。

「貴様を裁くのはおれではない。ただ、それだけのことだ」

伝次郎が答えると、祥三郎は苦笑を浮かべた。

「祥さん！」

玄関口でひなが悲鳴のような声を発した。両脇を直吉郎と三造につかまれていた。

「放して、祥さんと話をさせて」

ひなは直吉郎と三造を振り払おうと体をもがいた。

だが、それには構わずに久蔵が、

「引っ立てるのだ」

と、小者の八兵衛と貫太郎に指図した。

八兵衛と貫太郎はすぐに動き、後ろ手に縛られている祥三郎を立たせた。

「伝次郎、世話になった。仕事を長く休ませて申しわけなかった」

久蔵が頭を下げた。

「おやめください。酒井さんの仇がこれで討てたんですから……」

「いや、おぬしがいなかったら、祥三郎を捕り逃がしたか、また新たな被害が出ていたかもしれぬ」

「そうだ。伝次郎、おれからも礼をいう」

直吉郎がそばにやってきて口の端に笑みを見せた。

「落ち着いたらゆっくり酒でも飲もう」

久蔵がいうのへ、伝次郎は小さく笑んで応じた。

それからすぐに祥三郎は引き立てられた。

「祥さん！　祥さん！　いやー！　連れていかないでー！　祥さーん……」

狂ったような悲鳴を発して、ひなが泣き崩れた。

ひなを押さえていた三造が、伝次郎を見て、

「お願いできますか？」

と聞いた。伝次郎はうなずいて、ひなの肩に手を添えた。

祥三郎は久蔵と直吉郎らに連れられ、そのまま墨堤の道を辿り市中へ向かってい
った。

伝次郎はひなを自分の舟まで連れていった。音松もいっしょである。

「ひな、もう祥三郎は戻っちゃこない。あきらめるんだ」

「………」

ひなはうなだれて舟の中に座っていた。

「やつは罪人だ。どうあがいても、おまえの元には戻っては来ない」

伝次郎は棹をつかんだ。

うつむいているひなが、大粒の涙をこぼした。涙は手の甲にあたり、小さな飛沫を散らしたほどだ。手の甲に張りついた涙は、日の光をはじいた。

「祥さんはほんとは悪い人じゃなかった」

ひながつぶやくようにいった。

伝次郎はゆっくり舟を出した。

「あの人はわたしを救ってくれた人だったんです。いい人だったんです」

伝次郎は静かに舟を進める。

「あの人、女は日陰に咲く一輪の花だ。やっと咲いた花だからやさしく見守るのが男だって、そんなことをいったんです。わたしゃ、それで祥さんに惚れちまったんです。でも、でも……」

ひなは短くしゃくりあげて、くしゃくしゃにした手拭いで涙をぬぐった。

そんなひなを、伝次郎は半分醒めた目で、半分憐憫《れんびん》を込めた目で眺めた。

「ひな、祥三郎はいい男だったのかもしれぬ。だが、やつの心はおまえにはなかった。おれにはわからないことだが……」

「ほんとに……」

ひなが泣き濡れた顔で見てきた。伝次郎はやさしく見返した。

「おまえはいい女だ。世の中にはいい男がたくさんいる。今度はほんとうに心根のやさしい、真面目な男を見つけることだ。おまえを大切にしてくれるほんとうの男を」

「ほんとうの男……」

ひなは惚《ほう》けたような顔をして、つぶやいた。

「そうだよ。男なんて掃いて捨てるほどいるじゃねえか。それにおまえの店には男が集まってくる。男なんてよりどりみどりだろう。そんな客と楽しくやるのも悪い生き方じゃねえぜ」

音松が言葉を添えた。

「そうね。そうかもね」

ひなはしおらしくうなずいた。

伝次郎はそれでいいんだと小さくうなずいて、音松と目を見交わした。

「さあ、今夜はひなの酌で酒を馳走《ちそう》になるか」

伝次郎がめずらしく冗談をいうと、

「ほんとですね」

と、ひなが目を輝かせた。

「おっと、ひな。誤解しちゃ駄目だぜ。この旦那にはとびっきりの、いい女がいるんだからな。そのこと頭に入れておきなよ」

音松が茶々を入れると、

「思い違いなんかしてないわよ。わたしの店に来てくれるっていうから嬉しいだけよ。なにさ」

ぷいっとひなが膨れたものだから、伝次郎と音松は思わず噴きだしてしまった。

すると、それがおかしかったのか、ひなもいっしょになってクスクスと笑いだした。

伝次郎は猪牙を流れにまかせながら、ゆっくり川を下っていった。

光文社文庫

文庫書下ろし／長編時代小説

死《し》闘《とう》向《むこう》島《じま》　剣《けん》客《きやく》船《せん》頭《どう》(十一)

著者　稲《いな》葉《ば》　稔《みのる》

2015年1月20日　初版1刷発行

発行者　鈴木広和
印刷　慶昌堂印刷
製本　ナショナル製本

発行所　株式会社　光文社
〒112-8011　東京都文京区音羽1-16-6
電話　(03)5395-8149　編集部
8116　書籍販売部
8125　業務部

ISBN978-4-334-76860-7　Printed in Japan

組版　萩原印刷

お願い　光文社文庫をお読みになって、いかがでございましたか。「読後の感想」を編集部あてに、ぜひお送りください。

このほか光文社文庫では、どんな本をお読みになりましたか。これから、どういう本をご希望ですか。どの本も、誤植がないようつとめていますが、もしお気づきの点がございましたら、お教えください。ご職業、ご年齢などもお書きそえいただければ幸いです。当社の規定により本来の目的以外に使用せず、大切に扱わせていただきます。

光文社文庫編集部